Le 18 juillet 1936, le ministère de la Guerre de la République promulguait un décret remplaçant, dans 53 régiments de l'armée française, le cheval par des engins automoteurs. Du point de vue militaire, tous les spécialistes sont d'accord, cette décision faisait faire un bond en avant au potentiel offensif de la nation. A Lunéville, ce fut une catastrophe !

La gloire de cette ville de 24 300 habitants avait été jusque-là sa garnison de trois régiments de cavalerie, dont un d'élite. De tout temps, il a été reconnu que l'officier de cavalerie n'est pas un officier comme les autres. Son nom souvent à particule, son uniforme strictement ajusté ont fait de lui le type même du parfait homme du monde. Un général, deux colonels, douze commandants (mais deux d'entre eux n'étaient pas passés par Saint-Cyr), trente-six capitaines et plusieurs douzaines de lieutenants, de sous-lieutenants et d'aspirants formaient l'essentiel de la bonne société lunévilloise. Il y avait bien aussi quelques commerçants qui fréquentaient par faveur spéciale les soirées du cercle militaire ; mais ils y étaient tolérés plutôt qu'invités, soit qu'ils fussent officiers de réserve, soit simplement qu'ils eussent des femmes jolies. Même le sous-préfet n'y était admis qu'à la condition de revêtir l'uniforme argenté de sa fonction.

W0364610

Le décret terrible qui frappait la cavalerie allait porter un coup définitif à l'activité mondaine de la ville. Les grandes familles où l'on était officier de père en fils s'en allèrent porter à Saumur, dernier bastion de l'arme d'élite, l'art de recevoir le soir et de porter des gants blancs.

Le 8e hussards quitta la ville un soir d'octobre, à la tombée de la nuit. La fanfare joua *l'Adieu,* une marche lente spécialement composée par son chef, le capitaine Ghislain de Bourdieu. Les officiers saluaient, sabre au clair, les femmes qui pleuraient aux balcons de la rue de la République. Quand disparut au bout de l'avenue de la Gare le dernier fourgon qui, courtoisie suprême, ramassait le crottin des chevaux, douze coups de canon tirés du haut de la colline du Léaumont firent connaître à la population le caractère inéluctable de cet adieu.

L'Est républicain écrivit le lendemain qu'une page d'histoire venait d'être tournée et que rien, pour l'instant, ne permettait de dire que les conducteurs de tanks n'étaient pas civilisés.

Ce jour-là, mon père, maître de l'école des garçons, lâcha ses élèves plus tôt que d'habitude. Il sortit derrière eux, le chapeau sur la tête, sans un mot d'explication pour ma mère qui, institutrice au cours élémentaire dans la même école, l'observait depuis sa fenêtre. Il y avait plusieurs jours qu'il partait ainsi, et ma mère, à son retour, prenait des airs de martyre quand elle lui demandait d'aller chercher du charbon à la cave.

J'avais neuf ans, et j'étais l'élève de mon père. La situation des fils d'instituteurs n'est guère enviable. Non seulement il faut être en classe l'élève modèle qui reçoit seul des coups de règle sur les doigts, à titre d'exemple, mais il faut faire à la maison des devoirs supplémentaires, citer à n'importe quel moment du repas la date de la bataille d'Azincourt ou dire à la première personne rencontrée pendant la promenade du dimanche si les pattes du hanneton se rattachent au thorax ou bien à l'abdomen.

Ce soir-là mon père nous avait donné comme sujet de composition française à faire à la maison: « Quelle carrière aimeriez-vous embrasser et pourquoi ? » Question redoutable, probablement pleine de pièges et qu'il convenait d'affronter avec d'infinies précautions. D'abord étendre sur la table de la cuisine en guise de protection une double page de journal dont il serait loisible plus tard de détailler les petites annonces, déballer un par un les accessoires de l'écolier sans hésiter à changer plusieurs fois la place de la gomme si c'est nécessaire... et enfin, réfléchir.

A cette époque, les hirondelles se rassemblent tous les soirs avant leur grand départ. J'aurais passé toutes mes soirées à les regarder, par la fenêtre ouverte, qui tournaient dans le ciel en poussant leur long cri. Mais ma mère était remontée de l'école, énervée par l'absence de mon père, et il me fallut examiner sérieusement quelle carrière je voulais embrasser. Le sens de cette expression m'échappait totalement. Pour moi, une carrière était un grand trou taillé dans une colline.

— Ne suce pas ton porte-plume, dit ma mère, tu vois bien que tu avales la peinture et, après, tu auras des boutons.

Le bout de mon porte-plume avait perdu depuis longtemps toute couleur, et des morceaux de fibre au goût amer me restaient dans la bouche chaque fois que mon père nous donnait un devoir difficile. Les cancres finissent par ne plus avoir que des moignons de bois entre les doigts.

Tout en préparant le repas du soir, ma mère se penchait sur mon travail.

— Alors, tu n'as encore rien écrit ! Mais réfléchis donc. Tu as bien une idée... Voyons, quelle sorte de carrière voudrais-tu avoir ?

— Une petite.

— Ce n'est pas une réponse, ça ! De quel genre la voudrais-tu ?

— Près de la rivière.

— Tu voudrais être pêcheur, alors !

— Non.

— Alors, quel métier voudrais-tu avoir ?

— ... Je voudrais être pape.

— Je n'ai pas de temps à perdre. Ton père va rentrer et les pommes de terre ne sont pas encore sur le feu.

J'essayai plusieurs professions. Ma mère trouvait que celle de pâtissier ne convenait pas à un fils d'instituteurs, que je devais avoir plus d'ambition. Le métier d'explorateur lui paraissait trop scabreux, et d'ailleurs pourquoi aller chercher si loin ce qu'on peut trouver ici même, c'est-à-dire un emploi stable, honorable et bien rémunéré ?

Je lui proposai : chauffeur de locomotive. Elle ne fut pas d'accord. Il y a des risques d'accidents et trop de linge à laver. Ce qu'il me fallait, c'était une profession qui eût suffisamment d'agréments pour permettre, en les énumérant, l'emploi de tous les pronoms relatifs, de quelques substantifs nobles comme le mot labeur et de plusieurs adjectifs rares. Au bout d'une demi-heure, ce fut ma mère qui me fit des propositions :

— Que dirais-tu d'être un jour pharmacien ? Tu aurais une blouse blanche, un magasin propre...

Cet avenir ne me plaisait pas. Cela sentait l'éther et la maladie.

— Avocat. Tu ne voudrais pas être avocat ? Tu porterais une robe noire et tu défendrais les innocents.

J'ignorais cette fonction. A mon âge, je ne concevais pas qu'il pût y avoir des grandes personnes coupables, à part les ivrognes qui se conduisent mal dans la rue.

Finalement, excédée par mes hésitations, ma mère m'ordonna de décrire les avantages d'un métier qu'au moins je connaissais bien, le métier d'instituteur.

Je m'efforçai de ne plus voir dans un coin du journal qu'une génisse de deux ans était à vendre à Jolivet et je m'acharnai à chercher les bons côtés de la vie de mon père... Mais, au fait, y en avait-il ? D'après ce qu'il disait presque tous les jours, certainement pas. Mes observations personnelles confirmaient son point de vue.

Les événements de la vie quotidienne d'un instituteur sont d'une banalité peu enviable et ne méritent en tout cas pas d'être mis sur le même pied que les aventures de Blériot ou les découvertes de Pasteur. Ma mère s'impatientait. Je trouvai la première phrase :

Ah ! quel beau métier que le métier d'instituteur !

— Bon, voilà déjà un début. Il n'y a pas de fautes d'orthographe, continue.

Les pommes de terre finirent de cuire et j'en étais toujours au même point, risquant, ce soir-là, d'aller au lit sans dîner. Tout à coup, la sonnette retentit.

C'était lui ! Je l'avais reconnu tout de suite à l'habitude qu'il avait de sonner trois coups brefs. Mon oncle Henri n'attendait pas pour entrer qu'on vienne lui ouvrir la porte. Je l'entendis qui grimpait l'escalier quatre à quatre en sifflant *Vous n'aurez pas l'Alsace et la Lorraine !* Il ouvrit la porte et lança :

— Bonjour, la compagnie !

— C'est toi, dit ma mère ; tu me fais de ces peurs !

J'admirais mon oncle Henri, personnage jovial et vantard. Son apparence témoignait d'une certaine recherche de distinction, ce qui était rare en province. Il portait binocle à cordon, moustaches Napoléon III, veston d'alpaga gris luisant, cravate sombre à pois blancs, pantalon crème, chaussures de toile recouvertes de surpieds en feutre gris. Chez lui, tout m'étonnait. Il avait une façon tellement impressionnante d'allumer ses cigares en frottant son allumette sous sa chaussure, à son derrière et souvent même dans mon dos !

C'était un homme qui avait considérablement voyagé. Après l'autre guerre, il fut engagé par son ancien caporal comme commis épicier chez Félix Potin à Bordeaux, et les souvenirs qu'il nous racontait de cette époque étaient impressionnants.

C'est ainsi par exemple que depuis la fenêtre de la petite chambre qu'il occupait en ce temps-là, il pouvait voir, tout en bas, dans la cour de l'immeuble, un palmier planté dans un tonneau qu'on ne rentrait même pas en hiver tant le climat de ces régions-là est modéré.

Son sens de ce qu'il appelait la psychologie du client lui valut ensuite une place de confiance dans une société lorraine de produits d'épicerie. Il gravit lentement les échelons de la hiérarchie et, à la fin de sa carrière, on lui confia le poste d'inspecteur des succursales. De cette façon, nous avions sa visite deux ou trois fois par an.

La première chose qu'il faisait, en arrivant, était de déballer quelques cadeaux, toujours des produits d'épicerie de provenance exotique, ce qui augmentait encore son prestige à mes yeux. Il y avait du cacao dans des boîtes métalliques sur lesquelles étaient peints des moulins à vent et des médailles d'or, du café dans des cornets de papier d'argent et de mystérieux paquets jaunes où l'on voyait des sauvages à demi nus couper du maïs que l'on chargeait sur des voiliers à trois mâts. Il remarqua tout de suite l'air préoccupé de ma mère.

— Où est donc ton mari ? dit-il... Je ne l'ai pas vu dans sa classe.

— Je ne sais pas.

Elle fondit en larmes, libérant d'un coup plusieurs semaines de désespoir contenu.

— Enfin, dit l'oncle, il n'est pas parti !

— Si, dit-elle dans un sanglot.

— Où ?

— Je ne sais pas.

— Depuis longtemps ?

— Depuis tout à l'heure. A la sortie des classes, il a pris son chapeau et il est parti.

— Il avait fait ses valises ?

— Non, il n'a même pas pris sur lui son tricot de laine.

Mon oncle partit d'un grand éclat de rire.

— En voilà une affaire ! Si toutes les femmes se croyaient abandonnées quand leur mari met son chapeau sur la tête pour aller faire un petit tour !...

— Si ce n'était qu'aujourd'hui ! Mais voilà quinze jours qu'il s'en va tous les soirs.

— Il est peut-être au café.

— Oh ! lui qui ne buvait jamais !

— Ou bien à la mairie, je ne sais pas, moi... Comment est-il quand il rentre ?

— Tout content, comme au début de notre mariage.

— Crois-moi, s'il avait une mauvaise conduite, il ne serait pas fier en rentrant à la maison. Ne pense plus à cela. Je lui parlerai ce soir, entre hommes..., et tu verras que tu te faisais des idées.

Mon oncle se pencha sur ma page blanche.

— Qu'est-ce que c'est que ce travail-là ? Une composition française ! De mon temps, on apprenait à lire et à compter et ça suffisait bien pour vivre !

— Henri, laisse donc cet enfant faire ses devoirs.

— Tu ferais mieux de l'envoyer jouer dans les champs. Regarde-le, il est pâle comme un fromage blanc.

— Son père lui a donné une composition française à faire, il faut d'abord qu'il la finisse !

— Bah ! il la finira demain jeudi ! Allez, je l'emmène tout de suite faire un tour à la rivière.

En séchant ses dernières larmes, ma mère tenta de s'opposer à cette promenade, mais mon oncle était l'aîné de ses frères.

Nous partîmes comme le soleil commençait à disparaître.

Avant de sortir de la ville, mon oncle s'arrêta à l'épicerie pour m'acheter une boîte d'anis. C'était une habitude que nous avions en cachette de mes parents.

— Reste là, dit mon oncle, il ne faut pas que l'épicière te voie. Elle le dirait à ta mère demain.

Ce genre de phrase éveillait en moi une enivrante soif de liberté. Il n'aurait pas fallu m'en dire beaucoup plus pour que j'attaque des diligences ! Pour l'instant, je me tenais caché derrière la porte et je voyais mon oncle choisir à la vitrine une boîte de bonbons à couvercle doré.

En sortant du magasin, il me glissa la boîte dans la main, comme s'il se fût agi d'un objet volé.

— Tiens, mets ça dans ta poche, avec ton mouchoir par-dessus, et ne le dis à personne.

Je répondis :

— D'accord.

Nous étions entre hommes et je me devais de parler un rude langage. Mon oncle marchait à grands pas, je courais presque à ses côtés.

— Moi, mon petit, disait-il, à la guerre de 14, j'étais dans les chasseurs à pied et laisse-moi te dire que ce n'était pas une armée de traîne-la-patte !

Pour rien au monde je n'aurais dit à mon oncle que j'étais fatigué ou que j'avais un caillou dans ma chaussure. Notre conversation roulait toujours sur les mêmes sujets.

— Alors, qu'est-ce qu'il fait, ton père ? Il l'achète cette radio ? Il a pourtant les moyens...

Ou bien :

— Vous avez cueilli beaucoup de petits pois cette année ? Ta mère a dû en mettre en conserve ! Tu parles, avec le congé tous les jeudis et dimanches, il leur est facile de s'occuper d'un jardin, tes parents !

Mon père m'avait donné pour consigne de ne pas répondre quand mon oncle Henri me « tirait les vers du nez ». Mais j'étais trop heureux de trahir nos plus chers secrets familiaux. J'exagérais même et j'inventais des récoltes phénoménales qui excitaient l'imagination de mon oncle.

— Quand je pense, disait-il, que, si j'étais resté dans l'armée après l'autre guerre, j'aurais ma retraite aujourd'hui. Je l'aurais, mon jardin, avec tout le temps pour le cultiver. Ah ! bougre de bougre de bougre de bougre !

Nous arrivâmes près de la rivière.

— Attends-moi un instant, dit mon oncle, je vais tout de même aller voir ce qui se passe de ce côté-là.

Et il disparut au travers des roseaux. J'entendis la fuite désordonnée d'un troupeau d'oies. Au bout de quelques minutes, mon oncle réapparut, crotté jusqu'au mollet, mais content de lui.

— Sacré nom de nom ! Si seulement j'avais apporté mes lignes ! C'est un vrai nid de perches, cet endroit-là. Avec des hameçons de 90 et quelques suzées, moi, je te parie que, demain matin, je te sors deux kilos de poisson de là, et sans amorcer ! Ces animaux-là, c'est comme les humains, ça aime les bons coins. Il n'y a rien de nouveau sous le soleil, va !

Il commençait à faire nuit et nous revînmes lentement vers la maison.

Avant l'entrée du pays, une automobile nous dépassa et s'arrêta non loin de nous.

— Tu vois, dit mon oncle, ces engins-là roulent maintenant à tombeau ouvert et qu'est-ce que l'humanité en a de plus, je te le demande ?

Il faisait sombre et nous ne distinguions pas les deux hommes qui venaient de descendre de l'automobile, mais nous entendions leur conversation.

— Bien sûr, bien sûr, vous avez raison de ne pas prendre de risques, monsieur le directeur, mais enfin, si vous ne roulez jamais à plus de trente kilomètres à l'heure, comment voulez-vous que je fasse pour vous apprendre à passer la troisième vitesse ?

— Que voulez-vous, j'ai toujours peur d'arriver trop vite dans les virages.

J'eus l'impression de connaître cette dernière voix. L'autre reprit :

— Vous avez tort de vous en faire. Dans les virages, il y a le réflexe qui agit. C'est automatique, ce truc-là !

— On ne sait jamais ! De nos jours, il y a tant d'accidents dans les journaux !

— Bah ! Faut bien mourir un jour !

— Comme vous y allez ! Je n'ai pas envie de mourir sans avoir profité de ma retraite !

Il n'y avait plus de doute, c'était la voix de mon père. Ainsi donc, il apprenait à conduire en cachette, sur la vieille automobile du chauffeur du châtelain. Mon oncle s'approcha doucement et lui donna une grande tape dans le dos.

— Alors, mon gaillard, on se paie du bon temps !

Je n'ai jamais vu mon père aussi gêné que ce soir-là. Il dut s'expliquer, comme un coupable. S'il avait caché à ma mère qu'il allait tous les soirs apprendre à conduire une automobile, c'est qu'il voulait lui faire une surprise. Il avait commandé une conduite intérieure Peugeot 301 qu'un chauffeur devait amener bientôt de Nancy.

— Farceur, va, dit mon oncle, et moi qui croyais que tu étais...

Il acheva sa phrase à voix basse, à l'oreille de mon père, qui rit d'un air gêné.

En rentrant à la maison, il fut convenu qu'on ne dirait rien à ma mère. Toutefois, pour la rassurer, mon oncle proposa de justifier les absences de mon père en inventant une histoire de maire, qui, par manque d'imagination, devait faire écrire ses discours en cachette par l'instituteur.

La soirée fut gaie. Avant le repas, j'eus vite fait de terminer ma composition, grâce à mon père qui avait faim et préféra me dicter quelques phrases, pour aller plus vite.

Plus tard, quand je serai grand et que l'heure du choix d'une profession aura sonné pour moi, je choisirai le métier d'instituteur. Ah! quel beau métier que le métier d'instituteur!

— Ça, tu l'as dit, reprit mon oncle ; vous, les fonctionnaires, vous êtes des petits vernis. A cinquante-cinq ans, vous avez la retraite, plus de soucis ! Tandis que nous, dans l'alimentation...

— D'accord ! dit mon père. Mais, vous, dans l'alimentation, quand vous rentrez à la maison le soir, c'est fini ! Les pantoufles et la T.S.F. ! Tandis que nous, dans l'enseignement, ça n'est jamais fini. Après la classe, il y a les tableaux du lendemain à préparer, et, après les tableaux, les leçons de choses, et cetera, et cetera.

Ils auraient pu discuter ainsi des heures entières. Mon oncle était rempli de l'éternelle jalousie des petits-bourgeois à l'égard des fonctionnaires et mon père, fils de paysans, se serait fait tuer plutôt que de reconnaître que sa situation présentait le moindre avantage.

— D'accord, mon cher Henri, disait-il, mais après la guerre, quand je suis entré dans l'enseignement où on ne gagnait que trois cents francs par mois, toi, tu choisissais le monde des affaires, avec l'appât d'une fortune rapide...

Mon oncle faisait le bilan des sacrifices de son passé. Ça n'était pas sa faute s'il avait été ruiné dans l'affaire de l'emprunt russe et si les actions des tramways de Shanghai ne valaient presque plus rien.

Pendant ce temps, mon père me glissait une expression pour ma composition française : *Quoi de plus passionnant que d'assister à l'éveil de jeunes intelligences !...* et répondait à mon oncle :

— C'est un métier qui tue son homme. Avec les examens, les parents d'élèves...

— Tout de même, répondait l'oncle, vous êtes logés gratuitement et vous ne payez pas l'eau, l'éclairage...

— *Et quelle joie...* me soufflait mon père, tandis que ma mère prenait la relève dans la discussion, *quelle joie de retrouver plus tard sous le costume du forgeron, du laboureur ou de l'avocat, l'enfant à qui l'on a appris autrefois les grandes dates de l'histoire de France !*

Pour sortir vainqueur du débat, mon oncle Henri se servit d'une ruse perfide :

— Et les vacances ! Qu'est-ce que tu en fais, des vacances ? Deux mois et demi à se baguenauder en automobile ! Parce que tu ne vas tout de même pas me dire qu'avec vos deux salaires et les économies que vous faites en cultivant le jardin vous ne pourriez pas vous acheter une automobile ! Moi, je vous verrais très bien, tous les trois, dans une limousine noire, par exemple une Peugeot 301...

Mon père était mal à l'aise et essayait, par des signes, de faire comprendre à mon oncle qu'il y allait un peu fort. Mais celui-ci, avec des clins d'œil complices à mon égard, s'amusait à vanter les qualités de la Peugeot 301, sa carrosserie brillante à angles droits, ses sièges aussi confortables que des fauteuils de salle d'attente chez un médecin.

— Ah ! soupira ma mère, si seulement c'était vrai. Il y a si longtemps que j'ai envie de voir la mer !

— Écoute, Henri, tu exagères, dit mon père, tu vas mettre des idées de grandeur dans la tête du gosse.

Je n'écoutai plus le reste de la discussion. Mon oncle venait de me donner une magnifique idée que je développai immédiatement dans ma composition française. A mon point de vue, le meilleur aspect du métier d'instituteur, c'étaient les vacances. J'imaginai un grand voyage en automobile.

Après quatre jours de voyage, nous parvenons enfin au sommet du Massif Central. De là, notre vue s'étend jusqu'au Midi, à droite Bordeaux avec sa Gironde et ses établissements Félix Potin, à gauche Marseille, sa Canebière et ses habitants si sympathiques. Devant, toute droite et bordée de palmiers plantés dans des tonneaux, la route étale son fin ruban de goudron jusqu'à la mer...

— Bon, cela suffit, dit mon père ; maintenant, nous allons pouvoir dîner.

Il descendit à la cave chercher une bouteille et tout le monde se mit à table.

Cette nuit-là, mon oncle dormit dans sa « chambre réservée ». C'était une pièce mystérieuse, toujours obscure. Comme nous n'avions presque jamais d'invités à loger, on y tenait les volets clos, pour protéger du soleil une tapisserie à fleurs vertes et rouges. Il y régnait une odeur de cire et de naphtaline et le lit, où ma mère rassemblait les matelas inutiles, était d'une hauteur impressionnante. Seul mon oncle Henri était assez grand pour coucher là-haut.

Notre école se trouvait dans un quartier extérieur de la ville. Le bâtiment avait l'aspect austère et campagnard des bâtiments administratifs de province. Par-devant, un jardinet interdit aux élèves où mon père cultivait les œillets et les dahlias, fleurs qui avaient la présence d'esprit de s'épanouir juste aux anniversaires de mes parents. Cachés derrière des géraniums, il y avait de la ciboule et du persil. Il était plus rapide de venir les chercher là, quand on en avait besoin au moment de servir la soupe, que de courir jusqu'au jardin, qui, lui, se trouvait par-derrière, au bout de la cour de récréation.

De ce côté, les dépendances de l'école s'étendaient assez loin. A gauche, un garage s'ouvrait à la fois sur la rue et le jardin. Les pompiers remisaient là leurs instruments.

Quelquefois, en été, après l'exercice du dimanche matin, quand il faisait très chaud, le capitaine disait à mon père :

— Si vous voulez, on va profiter que notre matériel est déballé pour arroser votre jardin.

Mon père acceptait. Avoir son potager arrosé par des pompiers en uniforme est à la fois un honneur et une utilité. Le spectacle ne manquait pas d'intérêt pour un garçon qui n'a pas encore voyagé. Les tuyaux de toile, en se remplissant, se contorsionnaient comme des boas entre les petits pois et les haricots verts.

Le capitaine ne laissait à personne la charge de l'arrosage. Il faut un certain doigté pour ne pas abîmer les légumes avec une lance d'incendie. La technique de ce chef, très majestueux, consistait à décrire des arabesques en l'air avec le jet d'eau. Ces jours-là, mon père entrait à la maison mouillé jusqu'à la chemise.

Tout le côté droit de l'école, de la cour et du jardin était bordé par une propriété dans laquelle s'exerçait une singulière industrie. C'était l'usine « Toubens père, fils, petit-fils et Cie ». On y fabriquait depuis 1864 le fameux chapeau en fibres de Panama ou canotier. Le père Toubens en était le maître absolu. Il avait fondé l'entreprise et entendait la gérer seul. Il traitait de gamins ses trois fils dont deux au moins portaient des cravates et des boucs. Quant au troisième, il était seulement capable de transporter sur une brouette jusqu'à la gare des colis de canotiers à expédier dans tous les pays du monde. En ce temps-là, les deux meilleurs clients de la maison étaient le Cameroun et le Canada.

Les Toubens étaient des gens très unis. Le dimanche à la promenade, tous les membres de cette famille n'avaient jamais sur la tête d'autres chapeaux que les canotiers de leur fabrication.

Mon père avait demandé au père Toubens s'il pourrait faire visiter son usine aux élèves de l'école ; il n'y a pas de meilleur enseignement que celui qui s'accompagne d'une démonstration. Mais le vieux s'y était refusé. Il avait un secret de fabrication qui rendait ses chapeaux indéformables et ne voulait pas que celui-ci pût être communiqué à des ennemis de la France. Ses fils eux-mêmes n'avaient pas le droit de pénétrer dans l'atelier central, appelé aussi tabernacle, petit hangar en planches dont il avait promis de ne leur donner la clé que sur son lit de mort.

Depuis les fenêtres de l'école, nous avions tout de même un aperçu de la fabrication des chapeaux.

L'activité de l'usine commençait vers six heures du matin. Les fils et le petit-fils venaient déposer à la porte du tabernacle des bûches que le père emportait seul à l'intérieur. Peu après, on voyait sortir une fumée noire par la longue cheminée qui dépassait du toit et on entendait une machine à vapeur se mettre en marche avec peine. Son bruit augmentait progressivement, mêlé de coups sourds et de sifflements aigus, jusqu'à devenir, aux environs de dix heures, un vacarme assourdissant qui obligeait mon père à fermer les fenêtres de sa classe.

A onze heures, il se produisait une explosion qui ébranlait le quartier et faisait tomber les pétales des fleurs sur le bureau de mon père. Dans notre salle à manger, les pendeloques de cristal et la suspension électrique n'en finissaient plus de s'entrechoquer, et mes parents retrouvaient souvent les portes des armoires grandes ouvertes.

Après l'explosion, la machine haletait péniblement, comme sur le point de rendre l'âme. Affolés, les chiens des environs aboyaient à n'en plus finir.

Une vapeur blanche s'échappait alors de tous les interstices du tabernacle. Les trois épouses des fils Toubens accouraient avec des grands paniers d'osier, qu'elles passaient au vieux par la porte entrouverte. Il les leur rendait peu après, remplis de canotiers fumants.

Elles s'en allaient ensuite dans le verger, derrière l'usine, et déposaient délicatement chaque chapeau sur l'un des innombrables petits bâtons plantés là. Depuis la cour de l'école, nous admirions le spectacle de cette plantation de chapeaux blancs qui dégageaient vers le ciel une brume subtile et bleutée.

A côté, nous avions un verger, quelques mirabelliers, trois pommiers et un noyer planté paraît-il en 1789. Mon père rassemblait chaque année ses élèves sous cet arbre et, devant le spectacle de cette immense ramure, il leur faisait mieux comprendre tout le temps qui sépare notre époque moderne riche en chemins de fer et en ballons dirigeables de celle de la Révolution française où les gens du peuple marchaient à pied.

Puis, profitant de ce qu'ils étaient là, mon père demandait aux élèves de ramasser les noix. Ce travail n'était pas prévu dans les programmes pédagogiques. Mais les parents fermaient les yeux sur cette entorse au règlement. La coutume était de s'entraider, en ce temps-là, et mon père n'avait jamais failli à la règle, bien au contraire. Aux enterrements par exemple, comme la plupart des gens n'avaient pas les moyens de faire imprimer des faire-part, c'était lui qui s'en chargeait. Il inscrivait le texte au tableau noir et toute la classe le recopiait soigneusement sur de beaux papiers blancs entourés de noir. Les exemplaires qui n'avaient pas de fautes d'orthographe étaient seuls utilisés et l'exercice comptait pour le classement de fin de mois.

Un jour de ce mois d'octobre donc, nous étions tous occupés à ramasser les noix. Pour nous empêcher d'en manger, mon père nous faisait chanter en même temps. Dans un chœur, il est facile de déceler les chanteurs qui ont la bouche pleine. La mélodie qu'il préférait pour accompagner ce travail était *Venise et Bretagne.*

Nous étions à cette période de l'année qui ne garde de l'été que les apparences. Quand les journées sont ensoleillées, il fait presque aussi chaud qu'en août et on se met à regretter les vacances.

Mais, si le ciel se couvre, il fait froid d'un seul coup et l'on se réjouit déjà du feu qu'il y aura l'hiver à l'école. Personne ne remarqua que le soleil venait de disparaître derrière un nuage. Le père Toubens était dans sa maison et ne s'en inquiétait pas non plus.

Brusquement, un violent coup de vent fit tomber une avalanche de noix sur nos têtes. Comme s'ils étaient pris de panique, les chapeaux d'à côté s'envolèrent et vinrent rouler dans le verger. Mon père nous laissa les poursuivre. Malheureusement, le père Toubens en perdit huit dans l'affaire. Trois ne furent jamais retrouvés. Deux furent piétinés par leurs poursuivants. Deux autres roulèrent dans une flaque de boue, on les donna à deux élèves et leurs pères les portèrent pour aller à la pêche. Quant au dernier, il resta accroché au sommet d'un poteau télégraphique. Les pompiers allèrent le décrocher un dimanche et en firent cadeau à leur capitaine. L'automne était là !

Le jeudi suivant, mon père se leva de bonne heure et nettoya de fond en comble le garage. Il rangea de côté l'attirail des pompiers et laissa libre une grande place au milieu. A midi, il était couvert de poussière et dégoulinait de sueur. Il décida de prendre un bain.

Ce qu'on appelait le bain, dans notre famille, était une cérémonie rare que mon père était seul à pratiquer, et dans les grandes occasions seulement, veille de distribution des prix ou de 14 juillet par exemple. Mon père avait reçu en héritage de ses parents une baignoire de cuivre qui avait, paraît-il, appartenu au tsar de Russie. C'était une œuvre d'art qui épousait la forme du corps et ressemblait à une grosse botte.

Par beau temps, mon père sortait l'engin dans le jardin et l'installait sur deux grosses pierres, entre plusieurs rangées de haricots grimpants, de façon à n'être vu de personne. Puis il le remplissait à demi, avec de l'eau qu'il apportait dans des seaux et il allumait un feu de bois en dessous. Ensuite il mettait son maillot de bain et prenait place à l'intérieur de la baignoire, assis sur un petit banc qui le protégeait de la chaleur de la flamme.

A une heure, mon père vint s'asseoir à table, avec son costume sombre des dimanches et sur le visage les entailles des jours où il se rasait de trop près.

— Mais qu'est-ce qui se passe ? dit ma mère. Tu ne m'avais pas dit que tu allais à Nancy aujourd'hui.

Mon père prit un air indifférent.

— Je ne vais pas à Nancy.

— Mais alors, pourquoi t'habilles-tu ?

— Pour être habillé, c'est tout... Et puis on ne sait jamais, l'inspecteur peut passer.

Il suffisait de prononcer le nom de M. l'inspecteur pour qu'un je ne sais quoi de grave et de solennel planât sur la famille. L'inspecteur d'école primaire est aux instituteurs de campagne ce que le colonel est aux sous-officiers. A la pensée qu'il allait peut-être venir cet après-midi, ma mère servit le repas avec précipitation.

Le déjeuner fut expédié en vingt minutes. A deux heures tout était rangé dans la maison. Pour plus de précautions, ma mère mit sa robe noire à boutons et col blancs, me fit enfiler mon costume de velours et, comme pour un dimanche, me passa sur les cheveux une couche de gomina, produit gluant qu'elle fabriquait elle-même dans des pots à confiture et qui donnait en séchant l'impression de porter un casque.

Incapable de s'arrêter à une occupation précise, mon père errait dans la maison, un sourire impénétrable aux lèvres. Assise derrière la fenêtre, ma mère cousait. Mais elle regardait le coin de la rue plus souvent que son ouvrage. Et moi, assis sur une chaise, je n'avais pas le droit de bouger pour ne pas salir mon costume.

De temps en temps, mon père sortait devant l'école. Quand il voyait que ma mère l'observait, il se donnait des airs de quelqu'un qui regarde le ciel pour voir s'il ne va pas faire de l'orage.

A quatre heures exactement, elle arriva. Ce ne fut d'abord qu'un éclat de brillance dans le fond de la rue comme l'éclair avant le tonnerre. Puis sa carrosserie noire à angles droits, sérieuse et luxueuse, emplit l'espace entre les maisons. Elle s'avançait, lente et silencieuse.

— Tiens ! Un étranger, dit ma mère. On dirait qu'il cherche son chemin.

L'auto s'arrêta devant la maison. Un homme habillé de blanc en descendit et se mit à klaxonner. Mon père fut aussitôt près de lui et lui manifesta les plus grands signes d'amitié. Ses gestes disaient : « Entrez donc, cher monsieur ! » Mais l'autre regardait sa montre et ne semblait pas décidé à accepter l'invitation. Finalement, ils entrèrent ensemble.

— Mon Dieu, disait ma mère, affolée, qui est-ce donc ?

Le personnage était si grand qu'il dut se baisser en passant la porte de notre cuisine. Son étrange habit blanc était d'une seule pièce de la tête aux pieds. Le devant était partagé par une longue fermeture à glissière. Mon père suivait, la mine épanouie.

— Je te présente monsieur... Je m'excuse, je ne sais pas votre nom.

— Monsieur Raoul, tout le monde m'appelle comme ça au garage.

— Monsieur Raoul amène notre automobile...

Ma mère ne semblait pas comprendre.

— J'ai pensé, pour l'anniversaire de nos dix ans de mariage... Voilà, j'ai acheté une auto.

Ma mère devint pâle, puis rouge, et finalement éclata en sanglots. Mon père me fit sortir, car les enfants ne doivent jamais voir pleurer leurs parents.

Quand je revins sur la pointe des pieds, ils ne s'en aperçurent pas tant ils étaient absorbés par ce que leur disait M. Raoul.

Mon père lui servit un petit verre d'eau-de-vie de mirabelle et demanda :

— Avec une voiture comme celle-là, pensez-vous que je puisse aller dans la même journée jusqu'à... Paris, par exemple ?

— Paris ! Mais, monsieur, pensez donc que c'est une voiture de chez nous qui a gagné le rallye de Monte-Carlo de l'an dernier, plus de mille kilomètres dans une seule journée !

— Monte-Carlo ! Vous parlez sans doute de Monte-Carlo, sur la Côte d'Azur ?

— Oui, bien sûr, et sans compresseur, sans machin spécial, tout simplement avec une bonne voiture de série, comme la vôtre.

Mes parents n'en revenaient pas d'apprendre que des pays mentionnés dans les livres de géographie, avec photographies à l'appui, leur étaient désormais accessibles. M. Raoul en parlait avec détachement, en technicien habitué à jouir quotidiennement des merveilles de la science moderne.

— Tout ça, c'est bien beau, dit-il en vidant son verre et en réprimant une grimace, mais il faut que je m'en aille si je ne veux pas manquer le train de six heures.

— Mais nous allons vous y conduire en auto, dit mon père.

— Je ne dis pas non. Comme il faut que je vous montre comment ça marche, on en profitera !

Après quelques explications sur l'entretien, que mon père reçut en connaisseur, nous partîmes à la gare. Quelques voisins avaient fermé leurs volets, pour mieux nous épier par-derrière.

Sur le quai, mes parents firent leurs adieux à M. Raoul avec autant d'empressement que s'il se fût agi d'un parent. Mon père dit en regardant le train s'éloigner :

— Très intéressant ce monsieur, il a l'air de bien connaître son métier.

Le retour en automobile fut l'apothéose de la journée. Enfin une génération nouvelle, et qui recevait le fruit de plusieurs siècles de laborieuse misère ! Mon père roulait doucement, saluant tout le monde au passage ! Mais les gens regardaient passer avec étonnement ce président de République qu'ils ne reconnaissaient pas. Il avait beau klaxonner abondamment, cela ne faisait apparaître aux portes que des ménagères avec des casseroles. La trompe de notre voiture avait le même son que celle du laitier.

Après que l'auto fut rangée sous un drap au garage, mon père, à son sujet, aborda pendant le repas du soir le domaine de la spéculation mathématique. Dressant en l'air son index magistral, il proclamait la vitesse horaire moyenne de la voiture, il annonçait des distances et il évaluait combien de temps il faudrait pour aller chercher du miel à Bayon, un costume à Nancy ou se rendre au mariage de la cousine Charlotte dans les Vosges. De temps en temps, c'était à moi qu'il demandait de faire le calcul mental. Mais il était trop impatient pour attendre le résultat. Ma mère imaginait la couleur du tissu avec lequel elle ferait des housses pour les sièges. Pour la première fois, je terminai la soupe avant tout le monde.

Le soir, avant d'aller au lit, nous revînmes tous les trois la regarder une dernière fois, avec un manteau sur nos chemises de nuit. Mes parents s'assirent devant et moi derrière. Mon père mit en route le moteur.

— C'est formidable, les mécaniques qu'on fait maintenant, dit-il, ça obéit au doigt et à l'œil, mieux que des élèves.

Ensuite il alluma les lumières, pleins phares pour la grande route, code lorsqu'on rencontre un autre automobiliste, ce qui est tout de même assez rare la nuit, et veilleuse pour la traversée des villes. Je voyais à chaque déclic les taches lumineuses grossir puis pâlir sur le matériel des pompiers rangé dans le fond du garage. Mon père ne donna, pour terminer, qu'un très léger coup de klaxon qui réveilla néanmoins le caniche des voisins.

— Avec une voiture comme celle-là, dit-il, c'est un plaisir de voyager. Depuis l'époque des diligences, l'humanité a tout de même fait des progrès !

A partir de ce jour, l'automobile devint la vedette des exercices scolaires. Mon père choisissait des textes de dictée où il était question d'elle et, si le livre du maître ne lui en fournissait pas en suffisance, il n'hésitait pas à en prendre dans *l'Est républicain*, notamment quand ce journal relatait les grandes compétitions. Les problèmes d'arithmétique ressemblèrent à des programmes de courses: « Sachant qu'une automobile est partie d'un point A à huit heures du matin et à la vitesse de 30 km à l'heure et qu'une automobile est partie d'un point B à neuf heures du matin à la vitesse de 45 km à l'heure, sachant que la distance qui les sépare est de 200 km, calculer à quelle heure les deux automobiles se rencontreront. »

Quand on entendait en classe le bruit d'un moteur au loin, nous nous précipitions aux fenêtres pour voir passer l'engin et mon père n'était pas le dernier à se faire une place derrière les vitres. Au bout d'un certain temps, voyant toujours passer la même Citroën du médecin, nous nous lassâmes.

Un mercredi, mon père nous donna comme thème de composition française à traiter à la maison le jeudi: « Racontez un grand voyage en automobile. »

Le vendredi, à part moi-même qui avais travaillé sous sa direction, tous ses élèves rapportèrent des devoirs qu'il jugea gravement insuffisants. Les phrases étaient banales, l'imagination nulle. Certains même n'avaient pas été capables de dépasser un paragraphe.

— Enfin ! s'exclama mon père. L'automobile ! La grande révolution du vingtième siècle moderne !

Toute la classe restait figée dans une torpeur coupable. Mon père en interrogea quelques-uns, leur demandant de faire un effort pour se souvenir de leur premier voyage en automobile. Les réponses étaient navrantes.

— J'ai été sur le derrière d'un camion, m'sieur.

— Je n'ai été qu'en autobus, m'sieur. Mais avec ma mère on était debout.

— J'ai été dans une, m'sieur. Mais elle marchait pas.

Mon père considéra sa classe avec tristesse.

— Qui donc a déjà fait un voyage en automobile ? dit-il.

Je fus le seul à lever un doigt timide. Il hocha la tête avec consternation. Puis, prenant soudain une décision joyeuse, il dit :

— Rangez vos affaires, prenez vos ardoises, vos crayons, vos pèlerines et venez avec moi.

Nous comprîmes qu'une grande chose se préparait.

— Toi, reste là, me dit-il. Tu connais déjà. Alors révise ta géographie.

Une fois de plus, la position de fils de maître d'école m'apparut dans toute son injustice. Amer, seul dans la classe, je vis par la fenêtre mon père qui sortait l'auto du garage, montait à bord et s'en allait avec, suivi par toute la classe ravie.

N'ayant pas vécu moi-même la suite des événements, il ne m'est possible d'en faire le récit que d'après les témoignages qui me furent rapportés soit par mes camarades de classe qui en furent les acteurs, soit par mes parents eux-mêmes qui en parlèrent encore plusieurs années après. Une chose est certaine en tout cas, ce fut au début la plus joyeuse des leçons de choses.

Ce jour-là, un soleil magnifique retenait la nature dans le temps heureux des grandes vacances, et mon père lui-même, oubliant sa blouse grise, s'enivrait des joies d'une pédagogie nouvelle dans laquelle le démon de l'automobile apportait en douce la clef des champs aux sciences naturelles, à la morale, à la géographie.

Avant de sortir de ville, le turbulent cortège s'arrêta devant le monument aux morts et ce fut l'occasion pour mon père d'un émouvant discours. Il rappela le sacrifice de ceux qui, au cours de la Grande Guerre, avaient fait le don de leur vie et, en leur honneur, il demanda à sa classe d'observer une minute de silence.

Il paraît qu'à ce moment-là une plaque d'égout se souleva aux pieds de mon père et qu'un égoutier ahuri passa la tête, stupéfait de trouver à la sortie de son lieu de travail une assemblée immobile qui le fixait des yeux silencieusement.

Au début, il se demanda s'il n'y avait pas sur sa personne un détail quelconque qui justifiait une attention aussi soutenue. Mais il ne se trouva rien d'anormal. Alors il crut à une manifestation malveillante, se mit en colère, et on raconte qu'il adressa à mon père des injures assez grossières.

Après qu'il eut exprimé sa hargne pendant cinquante secondes, il redisparut dans le trou, ramenant la plaque sur sa tête. La minute de silence s'achevait. Mon père se pencha vers le sol et cria qu'il ne s'était agi que d'une cérémonie patriotique. Mais l'homme avait disparu dans les profondeurs de la terre et, pour lui, ce malentendu ne fut jamais dissipé.

Mon père quitta la route nationale et s'engagea dans un petit chemin. L'herbe haute se couchait sous l'avancée du pare-chocs, des branches sèches craquaient sous les roues. Les élèves bondissaient sur les talus, sautaient les barrières en poussant des cris de joie et mon père, heureux, ne voyait plus que le reflet des arbres sur le capot. Des parents qui travaillaient aux champs regardaient passer le cortège avec stupéfaction. Plus tard, certains diront que des pieds de nez et des grimaces plus grossières leur furent adressés. Mais cette version malveillante des faits ne fut jamais prouvée.

Grisé par le parfum de l'essence, mon père passa une rivière à gué avec toute sa classe derrière lui. Heureusement le soleil encore vif ce jour-là permit de faire sécher chaussettes et chaussures de l'autre côté.

La seconde partie de la leçon de choses prévoyait de faire faire aux élèves à tour de rôle un petit voyage dans la voiture. Il rassembla la classe dans une clairière, fit un bref exposé sur la place que l'automobile était appelée à occuper dans le monde futur, puis invita les quatre premiers à monter à bord tandis qu'aux autres il recommandait d'attendre sagement leur tour. Le circuit commença par la traversée des pâtis communaux puis d'un petit bois de bouleaux rabougris.

— Alors, que dites-vous, messieurs, de ce nouveau moyen de transport ? demanda mon père.

L'un trouva que c'était beau, l'autre que c'était grand. Mon père insista pour obtenir des impressions plus originales. Il suggéra une comparaison entre le bruit du moteur et le ronronnement d'un fauve soumis. Alors le grand Thibez, qui se trouvait assis à l'arrière, déclara avec fierté :

— Moi, m'sieur, quand je serai grand, je serai chômeur et j'irai tout le temps en automobile.

L'expression du plus grand découragement se peignit sur le visage de mon père.

— Chômeur ! dit-il. Tu n'as pas honte !

A ce moment se présenta sur la route, de loin et de dos, un personnage qui allait donner à mon père l'occasion d'une application *in situ* de quelques-uns de ses principes favoris de morale élémentaire. La silhouette désignée était celle d'un homme à pied montant lentement une côte.

— Que fait-on, messieurs, lorsqu'on rencontre un vieillard qui chemine sur le bord de la route, courbé sous une lourde charge ?

— On lui dit bonjour, répondit l'un.

— On lui porte son panier jusqu'en haut de la côte et on attend qu'il arrive, répondit l'autre.

— Zéro ! s'écria mon père. Ah ! elle va être belle, la composition de morale au certificat d'études ! Quand on rencontre un vieillard qui chemine sur le bord de la route, courbé sous une lourde charge, on l'invite à monter à bord. Bord, *b-o-r-d*, monsieur Thibez !

Aussitôt dit, aussitôt fait. Mon père s'arrêta près de l'homme, qui n'était d'ailleurs pas un vieillard, mais un paysan entre deux âges qui revenait du marché avec un cochon dans un sac sur son dos.

— Alors, mon brave homme, lui dit mon père, ce doit être pénible de porter une charge pareille sous le grand soleil !

Mon père fit se serrer ses quatre élèves à l'arrière.

— Montez donc, mon brave ! dit-il au paysan.

Celui-ci s'installa à l'avant avec sur ses genoux son cochon qui se mit à pousser des cris perçants en même temps qu'une odeur nauséabonde se répandait dans la voiture.

— Vous v'là beaucoup dans c't'auto ! dit le paysan. Vont donc pas à l'école, ces gamins-là ?

— Mais ils y sont, dit mon père.

Cette réponse dépassait le paysan.

Il demanda encore :

— Ils sont tous à vous ?

— Dans un sens, oui, répondit mon père qui, tel un colonel, n'était pas mécontent de passer pour le père de ses élèves.

— Vot' dame a bien du mérite ! dit le paysan. Moi, j'en ai eu que deux, mais ça serait à refaire, j'en voudrais plus !

Là-dessus, bousculant mon père pour atteindre une musette qu'il portait dans son dos, il sortit un litre de vin et en but une large rasade au goulot. Puis il tendit la bouteille à mon père.

— Un petit coup de rouge ? dit-il.

— Oh ! non, merci. Jamais entre les repas, répondit mon père, qui ne voulait pas avoir l'air de refuser de partager la boisson d'un travailleur.

Le paysan se retourna vers l'arrière.

— Et vous autres, les petiots ! Pour grandir, dit-il.

— Oh ! non, dit mon père en retenant le bras qui offrait cette boisson, cause de tant de malheurs dans les chaumières françaises.

— Vous n'en ferez pas des soldats ! dit le paysan.

Et il remballa son litre dans sa musette.

Mon père n'était pas fâché d'être parvenu en haut de la côte et de s'y débarrasser de son passager. Mais celui-ci ne voulait pas descendre.

— Vous n'allez tout de même pas me laisser là ! s'écria-t-il. J'habite tout près.

Mon père lui expliqua qu'on l'attendait. L'autre répondait que, lui aussi, sa femme l'attendait. Alors, faisant contre mauvaise fortune bon cœur, mon père accepta de transporter l'homme quelques centaines de mètres encore.

— Ça en fait du bruit, cette machine-là ! déclara le paysan.

Le regard mauvais que mon père lui lança ne le fit

pas taire. Bien au contraire. Il se lança dans une diatribe hargneuse contre les automobiles qui, selon lui, étaient la cause de malheurs nouveaux dans les campagnes. Il cita l'exemple d'une vache renversée par l'un de ces engins.

— Ce qu'on est mal à son aise dans ces machines-là ! dit-il en prenant tant de place sur la banquette que mon père n'en avait plus assez pour conduire. Il ajouta encore que ça sentait le pétrole. Alors là mon père se fâcha.

— Vous êtes sûr que ce n'est pas votre cochon qui sent mauvais ? dit-il.

— Mon cochon ne sent pas le pétrole, répondit le paysan.

Et, outré, il replaça l'animal dans une position plus confortable, sur la banquette même.

Derrière, les quatre élèves écoutaient avidement.

— Regardez plutôt le paysage ! leur dit le maître.

Ils obéirent mais deux petits rires étouffés signifièrent au conducteur que sa dignité ne sortirait pas indemne de cette leçon de choses.

L'automobile s'arrêta enfin à l'angle du chemin qui descendait à la ferme du paysan.

— Nous voilà arrivés, dit mon père d'une voix faussement joviale.

A nouveau, l'énergumène ne voulut pas descendre.

— Faut que vous veniez boire un petit verre ! dit-il.

Mon père eut beau lui expliquer qu'il était déjà très en retard, que vingt autres enfants au moins l'attendaient à l'entrée du bois, il n'y eut rien à faire.

— Je descends pas de vot' carriole si vous venez pas boire un verre ! hurlait le paysan.

Alors, une fois de plus, le maître d'école se sacrifia.

— Mais alors rien qu'un petit, dit-il.

— C'est ça, un petit verre, répondit l'autre.

Mon père arrêta sa voiture à l'entrée de la cour de la ferme. Avant de partir boire ce terrible petit verre de mirabelle, il fit asseoir ses quatre élèves dans l'herbe un peu plus loin.

— Ne touchez à rien, je reviens tout de suite, leur dit-il.

Et, à la suite du paysan que la soif rendait impatient, il traversa la cour et entra dans la ferme.

Les garçons se retrouvaient enfin seuls devant ce bel objet pour lequel le maître avait si éloquemment excité leur convoitise. Sans bruit, ils s'en approchèrent, ils se glissèrent à l'intérieur et l'inspectèrent minutieusement. Le tableau de bord les fascinait. Ils manipulèrent les boutons. Les phares s'allumèrent, s'éteignirent et se rallumèrent encore, au grand étonnement d'un vieillard qui rêvassait devant la ferme.

A l'intérieur, mon père subissait en silence les éclats de voix du paysan qui essayait de lui faire admettre qu'en matière d'éducation il n'y a pas grand-chose à faire. Selon lui, les enfants, et plus particulièrement les garçons, étaient des animaux nuisibles.

Ceux qui à ce moment-là jouaient dans l'auto s'en donnaient à cœur joie, sautant sur les banquettes, manœuvrant le volant, actionnant les leviers, imitant avec leurs bouches le bruit d'un bolide en pleine vitesse. Puis, tout à coup, la voiture bougea, lentement d'abord, plus vite ensuite. Elle descendait la pente en direction de la ferme.

Quand les quatre garnements s'en aperçurent, il était trop tard. Inexorablement, l'auto se dirigeait vers la grange.

Le portail était fermé. Sous le choc, il s'ouvrit. La voiture entra, comme naturellement. Il y eut un grand bruit. En heurtant une poutre de soutènement, elle avait provoqué l'effondrement d'un amoncellement de foin tandis que les volailles affolées s'enfuyaient de toutes parts. Le portail entraîné par son propre poids se referma sur ce petit désastre. Le vacarme cessa dans la grange et l'on n'entendit plus que le paysan qui, à l'autre bout de la ferme, hurlait aux oreilles du maître d'école de très anciennes récriminations contre les fonctionnaires.

Les quatre garçons abandonnèrent l'automobile sinistrée. Ils se faufilèrent hors de la grange à pas de loup et regagnèrent leurs places. Assis sur l'herbe, dans une pose d'une humilité extrême, ils attendirent la suite des événements.

Quand mon père réussit enfin à sortir de la ferme, quelle ne fut pas son angoisse, quand il s'aperçut que son auto n'était plus là !

— Où est l'auto ? hurla-t-il.

Les quatre coupables prirent leurs airs les plus soumis pour répondre qu'ils n'étaient au courant de rien, que, si cette voiture était partie, ce n'était pas à eux qu'il fallait demander sa destination.

Mon père, fou d'angoisse, tenait Thibez à bout de bras et essayait de lui extorquer un renseignement en le secouant comme un mirabellier.

A ce moment-là, des vociférations éclatèrent du côté de la ferme. Le paysan venait de découvrir le chantier dans sa grange. Il en ouvrit le portail, ce qui permit à mon père d'apercevoir avec douleur son automobile ensevelie sous le foin et le plancher effondré du grenier.

C'était le premier accident de sa carrière !

Les événements s'enchaînèrent ensuite avec une logique implacable !

Les élèves restés seuls à l'orée du bois, après une heure d'attente vaine, entendirent le bruit maintenant familier pour eux d'une Peugeot 301. Ils crurent que celle qui arrivait était celle de leur maître.

Quand ils virent qu'elle ne s'arrêtait pas, ils crurent encore, aussi incroyable que cela pût paraître, qu'il s'agissait d'une facétie de mon père. Ils ne s'étaient pas aperçus, les malheureux, que cette Peugeot-là était celle d'un inconnu de passage. Alors, semblables aux enfants de la fable qui suivirent le diabolique joueur de flûte de Hammelin, ils se lancèrent en courant à la suite de cette 301 venue d'ailleurs.

Ils coururent, ils coururent aussi vite qu'ils purent. Ils traversèrent le bois, sortirent du territoire communal, gravirent la côte qui fermait l'horizon au nord et disparurent au-delà.

A la tombée de la nuit, personne n'était rentré. Les parents affolés s'étaient rassemblés devant l'école et ma mère alarmée ne savait que leur dire. Toute la classe du cours moyen deuxième année et du cours supérieur perdue avec son maître. Le maire était arrivé sans avoir pris le temps d'enlever son tablier de boucher. Il s'efforçait de rassurer la population, comme sa fonction lui en fait le devoir. Mais, ayant lui-même deux fils disparus, sa voix manquait de conviction et même, par moment, chevrotait. Des cris de colère montèrent de la foule, des poings se tendirent vers l'école :

— C'est une honte !... C'est la prison qu'il faudrait !

Ma mère pleurait. Les autres mères en firent autant. Cela donna un chœur de lamentations si bouleversant que d'autres femmes qui passaient, quoique ignorantes de la situation, pleurèrent aussi.

Vers minuit, un gendarme arriva, rapportant quatre garçons sur sa bicyclette. Il fut accueilli par une ovation. Les renseignements qu'il donnait, permettaient de déterminer l'endroit où les autres enfants s'étaient perdus.

Le maire le renvoya là-bas avec les pompiers en renfort. Ils n'allèrent pas loin. A la sortie de la ville, ils rencontrèrent la Peugeot de mon père chargée de garçons jusque sur les marchepieds.

La foule se précipita. On entendit des pleurs, des exclamations joyeuses, des baisers retentissants. Les enfants, fatigués mais heureux, se laissèrent emporter par la meute des grandes personnes et il ne resta plus devant l'école que mon père désolé, aux côtés de sa voiture sérieusement cabossée à l'avant.

L'événement provoqua un refroidissement des sentiments de la population à l'égard de ma famille et certaines jalousies qui n'avaient osé s'exprimer à l'arrivée de l'auto se donnèrent libre cours désormais. Le rentier d'en face ne nous saluait plus. On se taisait chez le boulanger quand ma mère entrait. Même la femme de ménage de l'école, une pauvre vieille pourtant, se mit à regarder mon père de travers, et le soir, tout en balayant sa classe, elle grognait des choses terribles. Une fois où elle venait de casser son balai par un coup donné dans une table, elle se tourna vers mon père qui préparait un cours de grammaire et dit :

— Une auto... Si c'est pas une honte ! Est-ce que j'ai des vacances, moi ? Et qui est-ce qui paie des impôts ? C'est le pauvre monde pour que ces gens-là se trimbalent en automobile...

Son regard était si plein de colère que mon père jugea préférable d'abandonner les lieux.

Alors mes parents se mirent à avoir honte de leur automobile et n'osèrent plus la sortir.

Nous passâmes nos jeudis enfermés dans le garage. Mon père, en manches de chemise, astiquait la carrosserie avec du coton hydrophile. Ma mère confectionnait sur mesure des housses pour les sièges dans une pièce de tissu à dessins jaunes et roses. Elle prenait soin de renouveler toutes les semaines les fleurs du petit vase suspendu entre les deux portières à l'intérieur de l'auto. J'étais responsable de la propreté des pneus et des pare-chocs.

Nous étions en novembre et le froid commençait. A l'école, mon père alluma les poêles. Ce fut le début d'une longue, longue période de tristesse.

La seconde catastrophe fut l'annonce de la mort du grand-père, père de ma mère. Son cœur s'était arrêté de battre douze jours avant son centième anniversaire, preuve qu'il était bien cet homme remarquable qu'on me donnait en exemple depuis que j'étais en âge d'entendre les leçons de morale.

Le meilleur souvenir que je gardais de lui datait de l'époque où il dirigeait une société de musique, « L'Harmonieuse », qui était en même temps la société de gymnastique « La Vaillante ».

Chaque année, au deuxième dimanche après Pâques, cette double société donnait une fête. Le grand-père invitait tous ses enfants et petits-enfants. Après le repas, la famille allait assister au spectacle dans la loge d'honneur, la seule du stade, qui nous était réservée. Les musiciens apparaissaient sur le terrain et interprétaient *la Marseillaise* et *Aubade,* un morceau composé par le grand-père. Ils disparaissaient quelques instants derrière une haie et revenaient habillés en gymnastes, pour exécuter la « pyramide humaine ». Puis ils se transformaient en musiciens et la fête se terminait par un concert symphonique. J'admirais mon grand-père pour la rapidité avec laquelle son orchestre pouvait se transformer en pyramide d'athlètes.

Chaque fois que nous allions le voir, il profitait d'un moment où parents et cousins étaient occupés à s'entretenir d'affaires importantes pour me prendre par la main et m'emmener derrière la maison, dans l'enclos des volailles. Il puisait du maïs dans un grand sac et m'en donnait une poignée, pour que les poules et les coqs viennent manger dans ma main. Quelquefois, il s'asseyait sur un tonneau et me demandait de lui réciter à l'oreille la table de multiplication du six ou du neuf. Comme récompense, il me conduisait au verger. Autour du pied de chaque arbre, il y avait une touffe d'herbe épargnée par la faux. Il y cachait les plus belles pommes, pour me les donner. A cause de la grande amitié du grand-père pour les animaux, mes parents disaient d'un ton tragique que « ce pauvre papa vieillissait ».

Les obsèques devaient avoir lieu le jeudi suivant, pour permettre aux nombreux instituteurs et institutrices de la famille d'y assister. Mon père décida qu'on s'y rendrait en automobile.

En vingt-quatre heures, nous fûmes tous les trois habillés de noir. Le deuil commençait. Les convenances voulaient qu'il durât un an, suivi du demi-deuil, période allant du gris sombre au gris clair six mois plus tard. Notre vie était striée d'époques sombres et claires. Dans la famille, au-delà de quarante-cinq ans, une habitude s'installait et les alternances de teintes disparaissaient au profit du noir.

Nous partîmes de bon matin. L'auto resplendissait. A l'avant, ma mère essuyait de temps en temps une larme. Seul derrière, je ne cachais pas mon enthousiasme pour mon père qui conduisait à trente kilomètres à l'heure. Il profita de l'occasion pour me faire une leçon de morale :

— Vois-tu, une automobile, c'est comme un être humain, il faut savoir la mener par les bons chemins.

Il se rappela alors qu'il connaissait un raccourci qui nous mènerait plus rapidement à destination. Il s'y engagea. C'était un chemin vicinal mal entretenu.

— Ça, au moins, dit mon père, c'est de la voiture. Ça passe partout ! En 18, les chars d'assaut Renault ne faisaient pas mieux.

Ma mère se laissait aussi gagner par notre joie. Elle était fière des housses qui enveloppaient si bien les sièges.

— Je suis contente aussi pour la couleur. Le jaune et le rose de ce tissu ressortent bien sur le fond noir de la carrosserie.

Elle surprit avec honte son visage souriant dans la glace de la portière.

— Et ce pauvre papa qui est mort ! dit-elle.

Mes parents se composèrent des attitudes de deuil.

Le voyage se serait poursuivi de la sorte, avec des éclaircies de bonheur mêlées à des pensées funèbres, si la situation n'avait gravement empiré, le chemin vicinal devenant de plus en plus impraticable. Il restait une côte à franchir, mais il avait plu la veille et les roues glissaient sur l'argile mouillée. Nous étions presque au sommet. On apercevait déjà le clocher dans la vallée de la Moselle.

Mon père descendit en relevant le bas de son pantalon noir. Ma mère, voilée de crêpe, voulut le suivre. Mais, dès qu'elle posa le pied par terre, elle perdit l'une de ses chaussures à haut talon et fut obligée de rentrer à l'intérieur, avec moi. Mon père essaya de pousser la voiture par-derrière, mais ce fut lui qui glissa et je le vis se redresser, les mains pleines de boue.

Dans le lointain, les cloches sonnèrent le premier coup du service des morts. Dans une demi-heure, la cérémonie devait commencer. Ma mère fondit en larmes.

— C'est toi qui l'as voulue, cette auto de malheur !

Mon père ne répondit pas ; il valait mieux éviter une scène, par respect pour le défunt !

A cette heure matinale, le vent froid rougissait les yeux et faisait apparaître une goutte au bout du nez de mon père. Le soleil luisait d'un jaune pâle, sans chaleur, faisant briller seulement la rosée sur l'herbe.

Près de nous, à demi caché par la pente du terrain, un paysan labourait en guidant son attelage de la voix. Un léger brouillard montait de la terre retournée. Mon père réfléchit. Dans des circonstances moins dramatiques, il eut certainement tiré un profit pédagogique du spectacle de ces chevaux lançant des jets de vapeur par leurs naseaux. Mais, ce jour-là, il s'abstint et partit en courant vers le laboureur. Après avoir perdu mais rattrapé deux fois ses chaussures dans les sillons, il arriva près de l'homme.

Nous les vîmes parlementer longuement, avec beaucoup de gestes dans notre direction. Finalement, ils revinrent ensemble avec l'attelage. Nous étions sauvés.

Quand nous arrivâmes, très en retard, à l'église, le cortège funèbre venait de se mettre en route en direction du cimetière. Nous le suivîmes lentement en auto. La nouvelle de notre arrivée se répandit parmi les rangs des parents et amis qui marchaient devant et beaucoup de têtes se penchaient vers nous avec une expression de sincère admiration pour notre si belle voiture.

Devant le cimetière, quand ils descendirent de l'auto, mes parents, ayant honte de la boue qui recouvrait leurs chaussures et faisait quelques taches claires sur leurs vêtements de deuil, rejoignirent la tombe en faisant un détour.

Je me trouvai à côté de l'oncle Auguste qui, lui, se tenait à l'écart pour de tout autres raisons. Il était anticlérical et la vue du curé récitant des prières en latin devant le cercueil l'exaspérait. Il se mit à frotter ses chaussures vernies contre la bordure de buis d'une tombe voisine et me dit à voix basse :

— Tu vois, tout ça, c'est de la foutaise.

Mon père m'attira brusquement. Il connaissait trop bien les opinions de l'oncle Auguste et évitait de me laisser seul avec lui.

Après la bénédiction, il y eut un discours prononcé par mon oncle Cyrille. C'était le seul de mes oncles que je ne connusse pas encore. Il était, paraît-il, poète à Paris. Sa prise de parole ce jour-là fut considérée par certains comme tout à fait scandaleuse. N'avait-il pas autrefois, vis-à-vis de ce grand-père qu'on enterrait, fait preuve d'une rare insolence ? Il prétendait épouser ma tante Julie, sœur aînée de ma mère. Le grand-père lui demanda, comme c'est normal, quels étaient ses appointements mensuels. Et le bougre aurait répondu :

— Au diable les questions d'argent. Quand on s'aime, rien d'autre ne compte !

Le grand-père avait refusé la main de sa Julie. Cyrille était un obstiné. Il enleva ma jeune tante, l'emmena à Paris par le train en première classe, ce qui prouvait bien son manque d'économie, et l'épousa sans autorisation. Depuis ce temps, personne ne les avait revus. Les seules nouvelles que nous avions étaient chaque année une carte de vœux rédigée en vers. Mon oncle Auguste, qui se vantait de ne pas « mâcher ses mots », disait qu'à Paris « ce saltimbanque de Cyrille vivait aux crochets de cette pauvre Julie ».

En fait, je l'appris plus tard, ce saltimbanque de Cyrille était dans son milieu un poète distingué. Pendant la guerre de 1914, il avait été secrétaire particulier de Paul Déroulède et c'est lui qui écrivit *l'Adieu aux armes,* sous la dictée du maître, un jour que celui-ci était particulièrement inspiré. Depuis, il avait composé plusieurs œuvres poétiques, toutes en alexandrins, dont la plus importante, *Mes tentations,* parut dans le bulletin paroissial de Versailles.

Debout devant le cercueil, il déclamait en agitant les bras. Sa pèlerine et les rubans de sa cravate de poète s'agitaient dans le vent. Je ne comprenais pas le sens de ses paroles, mais je me souviens toutefois qu'il comparait le grand-père au maréchal Lyautey. Tandis qu'il parlait, j'entendais à mes côtés l'oncle Auguste qui grognait dans sa moustache je ne sais quelles injures contre ce qu'il appelait la calotte.

Après le discours, il y eut une minute de silence pendant laquelle on entendit un ouvrier passer derrière le mur du cimetière en sifflant une chanson à la mode. La grand-mère éclata en sanglots.

Le cercueil fut descendu dans la fosse et tout le monde vint le bénir tandis que les musiciens de « L'Harmonieuse » jouaient *l'Aubade* que le grand-père avait composée autrefois.

Pour la cérémonie des condoléances, le bedeau fit disposer la famille en ligne près de la porte du cimetière, juste devant l'auto. Il plaça mes parents au deuxième rang, pour qu'on ne vît pas leur boue. Les amis défilèrent en serrant les mains d'un air lugubre. Mais lorsqu'ils arrivaient à nous, ils jetaient un coup d'œil vers notre voiture, leur expression changeait et leur poignée de main semblait vouloir dire : « Bravo ! Toutes nos félicitations pour votre automobile. Elle est vraiment tout à fait chic. »

Il y eut ensuite un repas dans la maison du grand-père. Dans la famille, tous les événements importants, gais ou tristes, se terminaient par un banquet.

Au début, l'atmosphère fut triste. De temps en temps, une voix s'élevait pour faire l'éloge de ce pauvre grand-père.

— Vous souvenez-vous, dit l'oncle Henri, comme il savait bien s'occuper de ses arbres ? Jamais il n'a eu de vers dans ses fruits.

Il y eut un silence et quelqu'un d'autre reprit la louange.

— Vous vous rappelez quand Henri fut pris en train de tirer la sonnette du presbytère ?

— Et quand il sauta le mur du château pour aller regarder la fille du baron au piano !

— Ah ! dis donc, Henri, la trempe qu'il t'administra ce jour-là !

— Eh oui, je m'en souviens, dit mélancoliquement mon oncle Henri.

Assis sur le bord de sa chaise, malgré sa moustache et ses surpieds en feutre gris, il avait l'air d'être en culottes courtes.

La grand-mère, qui ne voulait rien manger, était repliée sur elle-même et sanglotait en silence.

J'appris aussi ce jour-là que, lorsqu'elle était petite fille, ma mère était presque toujours la dernière de sa classe et qu'elle grimpait aux arbres.

Il y eut des éclats de rire quand mon oncle Henri raconta comment l'oncle Auguste vida un jour une bouteille d'encre noire dans le bénitier de l'église. Il paraît qu'après cet exploit les fidèles sortaient du saint lieu avec, sur le front, de grosses taches noires qu'ils s'étaient faites en se signant.

Mon oncle Cyrille fit observer qu'il était indécent de se réjouir à un repas de funérailles. On pouvait parler de choses moins tristes mais sérieuses comme la poésie. Ce pauvre grand-père aimait tant, à la fin d'un repas, entendre quelques poèmes bien sentis. Justement, mon oncle Cyrille avait sur lui le recueil de ses œuvres complètes et il proposa de nous déclamer les deux premières de ses *Tentations* en alexandrins.

Cyrille avait une voix puissante. Personne n'osa refuser sa proposition.

Il commença donc la lecture, le geste ample et le regard fulgurant. Je l'écoutai attentivement.

Qui eût cru que cet homme d'apparence bourgeoise s'était déjà trouvé dans sa vie plusieurs fois face à face avec le diable ?

La première fois, il était en train de cultiver le petit jardin qui entoure sa maison, à L'Haÿ-les-Roses, près de Paris, quand tout à coup le diable surgit de derrière un groseillier. C'était un personnage velu avec des cornes, des pattes de bouc et une queue. Il se mit à danser dans un carré de poireaux, sans les écraser, et dit d'une voix sinistre :

Te nommes-tu Cyrille ? N'est-ce point une illusion ?
Ainsi donc tu prétends, minuscule homoncule,
Résister à ma loi, braver la tentation !
Je te verrai enfin, avorton ridicule,
Bientôt de la luxure devenir un esclave...

Il disparut aussitôt, ne laissant derrière lui qu'une odeur de soufre.

... Cette odeur bien connue, qui remplit les cuisines
Lorsqu'au mois de septembre on y met en conserve
La blonde mirabelle et la pomme reinette...

Mon oncle croyait en avoir terminé avec le diable, mais, peu après, alors qu'il repiquait des laitues, son attention fut attirée par un bruit de chuchotements et de rires qui semblaient venir de la rue. Il écouta et entendit très distinctement des appels :

... Cyrille! Viens avec nous! O toi, l'élu des Muses,
Laisse donc ton jardin. Nous voguerons ensemble
Vers ces pays lointains où sans cesse on s'amuse...

Mon oncle, qui voulait en avoir le cœur net, laissa là ses laitues et s'approcha de la clôture du jardin. Il écarta le lierre et aperçut sur le trottoir d'en face la femme du boulanger simplement vêtue d'une combinaison jaune canari qui le regardait d'un air provocant. Outré, mon oncle regagna ses salades.

Mais, deux minutes plus tard, les mêmes appels se firent à nouveau entendre, plus pressants et plus tendres. Mon oncle regarda encore et vit sur le même trottoir, en plus de la boulangère, la femme du photographe qui lui lançait des œillades. Il retourna à son jardin en récitant un *Pater* et un *Ave* pour chasser la vision et se remit à planter ses salades.

Il venait à peine de terminer la première rangée quand il entendit à nouveau les diaboliques appels. Cette fois, très en colère, il saisit un râteau et se précipita dans la rue, bien décidé à chasser par la force ces ambassadrices du démon. Mais alors, quelle ne fut pas sa surprise en trouvant alignées sur le trottoir d'en face et toutes en combinaisons multicolores, la boulangère et la femme du maire, l'épicière et la crémière, la marchande de journaux, Mme Marjolin, la chaisière de l'église, la doyenne de la commune, etc. La file était si longue qu'elle se prolongeait à perte de vue, coupant au loin l'avenue de la République, ce qui provoquait un embouteillage.

A ce moment, mon oncle Auguste interrompit le récit de Cyrille par un formidable éclat de rire. Tout le monde fut choqué de cette incongruité. Henri pria poliment mais fermement mon oncle Auguste de se taire. Mais celui-ci riait tant qu'il préféra sortir. Cette scène pénible avait suffi pour vexer mon oncle Cyrille qui refusa de continuer. Plusieurs oncles et tantes le supplièrent de poursuivre. On n'avait pas si souvent l'occasion, dans la famille, de terminer un repas par des émotions artistiques. La noblesse d'inspiration de mon oncle Cyrille était au-dessus de tout soupçon. Il tint à préciser lui-même que s'il décrivait ainsi les ravages de la luxure ce n'était pas pour réveiller les bas instincts de son lecteur mais pour lui apprendre à mieux y résister. Ma tante Pauline, qui était institutrice, ajouta qu'il n'y avait aucune honte à réciter des poèmes le jour d'un enterrement. Victor Hugo lui-même n'a-t-il pas composé d'admirables vers le jour où sa fille s'est noyée ? La poésie, la vraie, celle qui est en vers réguliers d'au moins douze pieds, est pour l'être humain un secours au même titre que la religion. Bref, c'était un devoir pour mon oncle Cyrille que de reprendre le récit de ses tentations. Quant à ce païen d'Auguste, dont on continuait à entendre le gros rire dans le couloir, il n'avait qu'à rester où il était. C'était un être incapable de comprendre l'art. Mon oncle Cyrille rechercha dans ses feuillets l'endroit où il s'était arrêté.

Ainsi donc la circulation était interrompue dans l'avenue de la République par le cortège des femmes en combinaison. Il y en avait de toutes les couleurs et de toutes les tailles. Mon oncle fut effrayé par l'extraordinaire puissance du Malin capable de mobiliser en tenue légère toutes les femmes d'une ville. Il crut qu'il allait succomber. Mais, par un sublime effort de volonté, il résista et s'agenouilla pour réciter le *Confiteor.* Quand il releva la tête, la rue avait retrouvé son apparence de tous les jours.

... Un employé du gaz, qui passait justement,
S'étonnait de me voir à genoux à la porte

Il ne se doutait pas, l'honnête travailleur,
Que je venais tout seul de vaincre le démon...

Toute la famille applaudit. Ma tante Julie rayonnait, fière du succès de son époux. Celui-ci attendait la fin des bravos d'un air modeste. Mon oncle Henri trouvait que c'était puissant, ma tante Pauline que c'était émouvant. Mon oncle Gilbert ne formula pas d'avis, mais il fronça les paupières de cet air qui voulait dire : « Ça, c'est quelque chose ! »

Tout le monde se mit alors à questionner mon oncle Cyrille sur le détail de ces tentations. Comment se sentait-il après ? N'avait-il pas de maux de tête ? Cela ne lui donnait-il pas peur la nuit ? Sa femme ne voyait-elle pas aussi les mêmes apparitions ? Mon oncle Cyrille et ma tante Julie répondaient avec simplicité à toutes les questions. La seule chose que ma tante ait remarquée, c'est que mon oncle avait moins d'appétit les jours où il voyait le diable. Quant à elle, elle n'avait même pas aperçu le bout de ses cornes. Elle le regrettait, car cela devait être une chose curieuse.

Comme le sujet intéressait la famille, mon oncle Cyrille proposa de réciter sa *tentation* suivante, la gourmandise.

Mon oncle se trouvait seul au fond d'un temple romain bâti sur un roc au milieu de l'Océan. Il était allongé sur une bergère recouverte d'un tissu vert et bleu, la même exactement que celle qui se trouvait dans la salle à manger de sa maison de L'Haÿ-les-Roses. Le temple était vide. Chaque fois que mon oncle toussait, car il y faisait frais, l'écho répétait ce bruit cinq fois et tellement amplifié qu'on eût dit la grosse Bertha sur le front, pendant la guerre de 14-18.

Mon oncle était étonné de se trouver là, d'autant qu'il portait par-dessus son costume noir, celui-là même qu'il avait aujourd'hui, une serviette de table brodée à ses initiales dont un bout était glissé dans l'ouverture du col de sa chemise.

Tout à coup, une porte s'ouvrit au fond du temple. Le suisse de l'église de L'Haÿ-les-Roses parut dans son costume rouge de cérémonie et donna sur le sol dallé un coup de crosse sonore. Aussitôt, une file de garçons de café s'approcha lentement. Chacun tenait sur un plateau une terrine de tripes au vin blanc, le plat préféré de mon oncle, que le médecin lui avait formellement interdit, à cause de son estomac.

La tentation était trop forte. Mon oncle se recueillit, fermant les yeux et les mains jointes. Il invoqua saint Cyrille son patron. Quand il ouvrit les yeux il vit le premier garçon de café tomber et s'évanouir avec une mauvaise odeur de tripes pas fraîches. Cette même nuit, mon oncle anéantit ainsi à lui seul cent quatre-vingt-douze garçons de café.

Mon oncle Auguste, qui venait de rentrer depuis peu, fit remarquer à ce moment que ce « ballot de Cyrille » aurait pu au moins, s'il ne les mangeait pas lui-même, garder ces tripes pour la famille. Un regard méprisant de l'assemblée le fit taire aussitôt.

Quand le dernier garçon de café eut disparu, il se produisit alors un phénomène miraculeux. La vapeur des terrines de tripes se transforma en brume bleutée et se mit à sentir l'encens. Une musique céleste tomba des voûtes et mon oncle reconnut la mélodie du *Chant des anges*, de Sweet, un morceau que ma tante Julie jouait autrefois au piano. Quand la brume céleste se dissipa, mon oncle eut la joie de découvrir qu'il se trouvait, non plus dans un temple romain, mais dans une cathédrale si haute qu'on en apercevait à peine les voûtes. Une douce lumière descendait des vitraux et les grandes orgues reprenaient avec force le thème du *Chant des anges*. Cyrille n'était plus allongé sur une bergère mais agenouillé sur un prie-Dieu recouvert de velours rouge et il ne portait plus au cou de serviette de table.

Mon oncle replia lentement ses feuillets. Il y eut dans la salle à manger un silence. Chacun méditait profondément. Brusquement, la grand-mère se mit à pleurer. Ma tante Pauline dit alors d'une voix grave que je ne lui connaissais pas :

— Pauvre papa ! C'est notre destin à tous...

— Eh oui, dit une voix au bout de la table.

— Le plus tard sera le mieux, conclut l'oncle Auguste.

Et l'on fit repasser le plat de légumes une seconde fois.

Vers cinq heures de l'après-midi, mon père décida de partir. Il ne voulait pas être surpris sur la route par la nuit. Nous fîmes un détour pour accompagner mon oncle Henri à la gare.

— Vous ne m'aviez pas dit que c'était une voiture de maître, dit-il en tâtant avec admiration les ressorts des banquettes.

— Oh ! tu sais... répondit mon père, ça n'use pas plus de dix litres aux cent.

Ma mère sanglota.

— Le pauvre papa, il aurait été si heureux de savoir qu'on avait une automobile.

— Hélas ! il ne l'aura pas connue, dit mon père.

Suivirent quelques considérations sur la brièveté de la vie, la vanité des entreprises humaines et les vitesses étonnantes des moyens de transport modernes. Mon oncle dit avant de nous quitter :

— Il faut profiter de l'existence tant qu'on a la santé et les moyens. Maintenant, vous allez pouvoir vous payer des voyages !

— Il ne faut pas y penser, dit ma mère, nous sommes en deuil.

— Plus tard peut-être... mais beaucoup plus tard... dit mon père, nous irons à Verdun.

— Ah ! Verdun, dit mon oncle.

Et là-dessus, il nous quitta pour aller prendre son train.

L'auto fut reléguée au garage avec, en plus du drap qui lui servait de housse, deux vieux matelas pour la protéger du froid. Les piquets à chapeaux du voisin émergeaient des feuilles mortes. Le gel commença de bonne heure, fin novembre, comme l'avaient annoncé les jardiniers en remarquant que les oignons, cette année-là, avaient la pelure plus épaisse que d'habitude. A l'école, chaque matin, on attendait que les gouttes au nez eussent disparu avant d'ouvrir les cahiers. Une tache coûtait deux bons points.

Et puis, un jour, la température devint plus douce, le ciel plus gris et la bise suspendit son souffle, comme dans l'attente d'un événement exceptionnel.

Vers trois heures de l'après-midi, mon père relisait la dictée quotidienne et le poêle ronflait délicieusement quand tout à coup, sans bruit, elle arriva. Ce ne furent d'abord que quelques flocons indécis qui fondirent en arrivant au sol. Il n'en fallut pas davantage pour suspendre la classe dans l'admiration de ce prodige éternel, la neige.

Mon père savait qu'il ne contiendrait pas longtemps la nervosité de ses élèves s'il ne tirait pas immédiatement parti de l'événement. Bousculant l'ordre du programme prévu pour la préparation du certificat d'études, il commença aussitôt la leçon de choses sur la neige.

Les leçons de choses étaient la partie la plus spectaculaire de l'enseignement de mon père. Elles avaient lieu le lundi après-midi. Mon père les présentait à la manière d'un numéro de music-hall et il est certain qu'il éprouvait lui-même un grand plaisir à les faire. Il y mélangeait ses connaissances scientifiques et le récit d'expériences vécues. La plus célèbre était la leçon de choses sur le gaz d'éclairage. Mon père enfermait dans une pipe quelques morceaux de charbon, il recouvrait le fourneau de terre glaise et mettait le tout à chauffer au-dessus d'une lampe à alcool. Au bout de quelques minutes, il approchait une bougie du bout du tuyau de la pipe et, aussitôt, l'effet se produisait. Une flamme bleue se mettait à trembler.

— Voyez-vous, messieurs — mon père ne nous appelait messieurs que dans ces circonstances-là — ça n'est pas autrement qu'on fabrique le gaz d'éclairage contenu dans ces énormes gazomètres que vous pouvez voir à l'entrée de Nancy.

Pour la neige, mon père connaissait son succès maximum au moment où il décrivait la formation subite, à plus de trois mille mètres d'altitude, de ces « petites merveilles de la nature que ne pourrait imiter la main de l'homme et qui se créent soudainement, sous l'effet d'une brusque décharge électrique aussitôt suivie d'un incroyable refroidissement de l'atmosphère ». Un aéronaute fut même un jour surpris dans l'un de ces tourbillons cosmiques et on ne retrouva de lui qu'un bonhomme de neige moustachu.

La démonstration fut faite sur-le-champ. Le garçon de confiance de la classe, un blond timide qui, à douze ans, savait tricoter et fabriquer des choux à la crème, alla remplir de neige une casserole que mon père mit ensuite sur le poêle. En deux minutes, la neige se changea en eau, mon père triomphait. Il expliqua que, pour procéder à l'opération inverse, il fallait disposer de moyens considérables et que la science de demain ne renonçait pas à y parvenir un jour.

D'une manière générale, mon père avait en matière d'enseignement des conceptions autoritaires. Selon lui, l'élève n'avait qu'à écouter, son seul travail étant d'apprendre par cœur le résumé.

Mon père se méfiait de ces méthodes nouvelles dont on parlait dans les journaux pédagogiques. Il savait ce qu'il en coûte de laisser à l'initiative personnelle de l'enfant le soin de s'instruire lui-même. Il en avait fait l'expérience un soir où, n'ayant plus le temps de leur faire dessiner en plan, en coupe et en élévation une traditionnelle cafetière à fleurs, il avait dit à ses élèves, à titre d'essai :

— Demain jeudi, vous me dessinerez à la maison une figure que vous connaissez bien et que vous choisirez tout seuls !

Le vendredi, trois enfants étaient revenus avec un portrait de mon père en plan, en coupe et en élévation. L'un d'eux avait même recopié de son livre de sciences naturelles quelques appellations scientifiques comme le pharynx, le larynx ou la luette et les avait reliées par un pointillé aux parties du visage qu'elles désignaient.

Cette opposition de mon père aux méthodes modernes d'éducation s'expliquait aussi par sa formation personnelle. Il n'avait pas pu, comme les autres instituteurs, passer par l'École normale. Au moment d'y entrer, en 1914, il était parti à la guerre et à son retour, comme il avait la croix de guerre et plusieurs citations, on n'avait pas pu faire autrement que de le nommer tout de même instituteur. Quant aux études, il les avait rapidement faites le soir, sous la direction du maître d'école de son village, un homme qui s'en tenait encore aux méthodes d'avant 1870. Cela n'empêchait d'ailleurs pas ses élèves d'être tous reçus chaque année au certificat d'études primaires.

La guerre de 1914 était responsable de quelques lacunes dans le vocabulaire de mon père, qui les transmit à plusieurs générations. Il nous disait par exemple qu'un autodidacte est un monsieur qui conduit lui-même son automobile ou que la grande surprise se manifeste par un justaucorps subit.

Il avait l'habitude, chaque fois qu'il nous donnait à rédiger une composition française, de nous en faire apprendre par cœur un corrigé modèle qu'il composait lui-même. Les sujets et les corrigés de ces rédactions ne variaient pas d'une année sur l'autre. Je me souviens de quelques titres. Par exemple :

Un jeudi, vous montez au grenier et, soudain, vous entendez le murmure d'une petite voix. Vous écoutez. C'est une vieille chaussure qui parle. Racontez ce qu'elle vous a dit.

Mon père ne faisait pas parler que les chaussures. Pour lui, tout objet ayant déjà servi avait une voix, les plus usagés étant les plus bavards, notamment les chapeaux, les ustensiles de jardin et les parapluies.

Parmi les élèves, il y en eut un, le Jean Royer, qui ne comprit jamais que ces compositions françaises étaient des œuvres d'imagination. Malgré des jeudis entiers passés au grenier à l'écoute de godasses percées, il revenait le vendredi avec une page blanche. Pourtant ce garçon fit plus tard une belle carrière comme douanier à la frontière du Luxembourg. On raconte que de nos jours encore, lorsqu'il fait ouvrir la valise d'un voyageur suspect, il ne peut pas s'empêcher, trouvant une paire de chaussures, de la porter à son oreille.

En décembre, une épaisse couche de neige recouvrit le paysage autour de l'école. On ne voyait plus les piquets à chapeaux du père Toubens.

Ces jours-là, avant d'entrer en classe, mon père nous faisait marcher en rond sous le préau en chantant *les Allobroges,* et aussi le refrain « Halte-là ! halte-là ! les montagnards sont là ! » nous obligeant à frapper le sol en cadence, ce qui faisait heureusement tomber la neige de nos chaussures. Quand ma mère, très pointilleuse au sujet de la propreté de l'école, trouvait que nous avions les pieds propres, elle avertissait mon père et celui-ci faisait cesser le manège.

Puis nous entrions en classe, heureux d'y retrouver cette atmosphère qui sentait bon l'encre et la craie. Quand le vent et la pluie frappaient les vitres, nous nous sentions là en sécurité. Et le matin l'odeur du chou qui mijotait à la cuisine descendait jusqu'à nous et ajoutait encore à notre sensation de bien-être.

Le nouvel an arriva, c'était une époque redoutable...

La tradition exigeait que le maître d'école rendît une visite de courtoisie au curé. Mes parents croyaient en Dieu ; il fallait bien quelqu'un pour faire marcher cette grande machine, le monde. Mais comme ils étaient instituteurs laïques, il convenait que leurs pratiques religieuses fussent réduites au minimum. Que penserait M. le député du département, ministre radical de l'Éducation, qui s'était vanté un jour de croquer tous les matins pour son petit déjeuner une bonne sœur et deux curés, s'il apprenait qu'un de ses instituteurs allait à la messe ?

Notre visite du nouvel an ne s'adressait donc qu'au représentant du Grand Horloger sur Terre. D'ailleurs le curé, fils de paysan comme mon père, n'avait aucunement envie de se quereller avec lui.

La sœur de M. le curé s'appelait Marie et tenait lieu de servante à son frère. C'était une personne douce et discrète qui ne parlait jamais à haute voix. Elle ne sortait que pour se rendre chaque matin à la messe de six heures et demie et elle entrait à l'église par la porte de la sacristie. Jamais elle n'aurait osé assister à une grand-messe, à un mariage ou à un enterrement au-dessus de la deuxième classe. Elle vivait cachée dans le presbytère, faisant si peu de bruit que les portes elles-mêmes ne grinçaient pas à son passage. Elle soignait son frère avec dévouement et il n'était pas rare de la voir se glisser dans l'église le samedi après-midi, au moment où l'on faisait la queue devant le confessionnal de M. le curé, pour apporter à celui-ci un tricot de laine.

Son frère était un personnage d'un genre opposé. Un peu obèse et le teint très coloré, il ne parlait qu'à voix haute, en ayant l'air de prêcher. Le thème favori de ses sermons était de comparer le monde à une marmite en ébullition. Chaque dimanche, il trouvait des expressions nouvelles pour décrire les forces du mal bouillonnant à l'intérieur de cette casserole et, chaque fois que survenait dans la semaine un tremblement de terre, un naufrage ou une guerre coloniale, il commençait son sermon par cette phrase : « Au nom du Père, du Fils et du Saint-Esprit. Mes chers frères, la marmite vient encore d'exploser ! »

Dans le jardin que Mlle Marie entretenait derrière le presbytère et où son frère disait son bréviaire après les repas pour faciliter la digestion, des espaliers produisaient les meilleures poires du diocèse. A chaque récolte, on nous en réservait un panier.

Cette année-là, mes parents voulurent prouver leur reconnaissance en offrant une plante verte. Ils étaient sûrs que ce genre de cadeau plairait, car Mlle Marie aimait tout ce qui pouvait servir à l'ornement de l'église. Ils choisirent un fuchsia rose. Mais ils hésitaient à l'offrir eux-mêmes. Si en plus de sa présence aux offices, il revenait aux oreilles de l'autorité académique que le maître d'école portait des pots de fleurs au clergé, que resterait-il de ses chances d'être nommé un jour à Nancy ? Rien sans doute ! Ils me désignèrent pour y aller à leur place. Je refusai !

Un fils d'instituteur, on peut le contraindre à faire des devoirs supplémentaires le jeudi, à désherber le jardin pendant les vacances, à mettre en conserve des haricots verts dans des bouteilles, voire à recevoir en classe des coups de trique dans les jambes à la place des autres, mais remplacer son père pour porter des fuchsias roses à des curés, ça, jamais ! Quand on fait à trente gamins, et plusieurs fois par an, des leçons de morale sur le courage, on commence par donner l'exemple. Mais ce « on » avait la main leste, et je reçus une paire de gifles. Je persévérai néanmoins dans mon refus catégorique.

Mes parents furent obligés de me conduire, en me tenant par l'oreille, jusqu'au coin de la rue du presbytère.

— Tu diras bien à M. le curé : « Je vous souhaite une bonne année, une bonne santé et le paradis à la fin de vos jours. »

En dernière minute on supprima le paradis, considérant que c'est bénéfice attaché d'office à la charge du curé.

— Tiens-toi droit... dit mon père en me donnant l'exemple, et surtout ne casse pas le pot.

Rien n'y fit, ni les menaces du parapluie ni les promesses de chocolat au lait. Je restais là, planté comme une bourrique.

Il fallut envisager les grands moyens. Mon père me saisit par la main et m'entraîna jusqu'à la porte.

— Si jamais tu te sauves avec le pot, me dit-il, tu iras au lit sans souper pendant huit jours de suite.

Là-dessus, il sonna et prit la fuite. Et moi, lâchement, je restai sur place.

La porte ne s'ouvrait pas et mes jambes tremblaient. La poignée de la serrure avait la forme d'une gueule de lion.

Je me retournai vers le coin de la rue pour implorer la pitié de mes parents. Quelle ne fut pas ma surprise en apercevant derrière eux, sur l'autre trottoir, le curé stupéfait qui considérait la scène sans comprendre. La plante verte me tomba des mains et le pot se brisa sur mes chaussures vernies.

D'où j'étais, je n'ai pas compris ce qui s'est passé ensuite. Je me souviens seulement que parents et curé arrivèrent ensemble en parlant d'autre chose. Mon père ramassa furtivement la plante verte et les morceaux du pot avec.

— Imbécile ! me dit-il avant de se relever.

— Oh ! le joli fuchsia ! s'écria le curé en feignant la surprise.

— Ce n'est rien, dit ma mère, seulement un petit cadeau pour Mlle Marie. Je suis confuse que notre fils en ait déjà cassé le pot.

— Pardonnez-lui, dit le curé. Si la plante ne reprend pas, j'en ferai des boutures.

Mon père remballa grossièrement le fuchsia dans son papier et ma mère offrit ce triste paquet à Mlle Marie quand celle-ci ouvrit la porte. La magnanimité de cette sainte personne était si grande qu'elle exprima, devant ce fuchsia délabré, un enthousiasme aussi grand que devant un anthorium à cinq fleurs.

— Oh ! quelle merveille ! dit-elle.

— Hélas ! dit ma mère, nous avons un garçon qui ne sait rien faire de ses dix doigts.

— Oh ! vous savez, répliqua Mlle Marie de sa voix angélique, les plantes vertes souffrent toujours un peu du transport.

Nous pénétrâmes dans le bureau de M. le curé, une pièce austère mais confortable. C'était ici, sur ce prie-Dieu recouvert de velours rouge, que les femmes des officiers supérieurs venaient confesser des péchés distingués. Mes parents, eux, allaient se confesser une fois par an dans une paroisse du département de la Moselle dont le curé, un Alsacien, ne comprenait pas le français. Mais Dieu étant polyglotte, cette absolution était valable.

— Vous prendrez bien quelque chose, dit M. le curé.

— Oh ! vous savez... dit ma mère... Nous ne voulons pas vous déranger, nous passions.

— Vous prendrez bien un petit verre de mon eau-de-vie de poire.

— Puisque vous insistez ! Comment refuser de l'eau bénite dans un presbytère ?

Mon père reprenait cette plaisanterie tous les ans, et chaque fois ma mère se choquait.

— Excusez-le, monsieur le curé ! disait-elle.

— Mais il a raison ! répliquait le prêtre... Ne dit-on pas eau-de-vie ?

Mes parents eurent un petit rire de politesse. Le curé fit apporter par sa sœur une bouteille et quatre petits verres qu'il aligna sur son bureau.

— Oh ! mais le petit n'en prend pas, dit ma mère.

— Juste un petit peu. Ça ne lui fera pas de mal. Quel âge as-tu ?

— Neuf ans, monsieur le curé, répondit ma mère.

Le curé me versa quelques gouttes au fond d'un verre. Mlle Marie y ajouta un sucre, en me faisant signe de ne rien dire, comme s'il se fût agi d'un vol.

— Pour moi, rien qu'une larme, monsieur le curé, dit ma mère.

— Bah ! dit le curé en remplissant tout de même le verre... elle ne vous fera pas de mal. Elle est de 1917.

— Ah ! 1917 ! dit mon père... J'étais sur le front... dans le Pas-de-Calais.

— Tiens !... Dans le Pas-de-Calais... Moi aussi.

— Mais vous ne m'aviez jamais dit ça.

— Je sortais du séminaire. J'étais caporal infirmier au 26e d'infanterie.

— Au 26e ! Mais nous aurions pu nous rencontrer. Moi, j'étais au 4e chasseurs à pied.

— Au 4e ! En effet, je me souviens. Mais alors, vous êtes allé en cantonnement à Bailleul, près d'Armentières ?

— A Bailleul, mais oui !

— Alors, vous vous souvenez des Américains.

— Si je m'en souviens !

Mon père se mit à réfléchir, les yeux perdus dans le vague, tandis que le curé disait :

— Vous vous rappelez les chapeaux en feutre, comme ceux des scouts... C'étaient de fameux soldats. Je me souviens, la première fois qu'ils sont montés aux tranchées, ils nous ont demandé où étaient les Allemands. Nous leur avons montré la direction. Ils ont retroussé leurs manches et ils sont partis à l'attaque, comme s'ils allaient abattre des arbres.

— Je me souviens, leur général mesurait plus de deux mètres.

— Le général Pershing ?

— Non, ce n'était pas Pershing. C'était un nom qui se terminait par *on* comme Wattson ou Mattson.

— Vous n'étiez pas au Chemin des Dames, alors !

— Eh non, répondit mon père avec un air de regret.

— Ah ! ça, le Chemin des Dames, c'était quelque chose ! C'est là que j'ai baptisé un capitaine.

— Vous avez baptisé un capitaine ?

— Il devait passer commandant deux jours plus tard. Pendant le bombardement, il a été frappé par la grâce. Hélas ! quelques instants plus tard, il recevait un éclat d'obus derrière l'oreille. Il n'a eu que le temps de tomber près de moi. Je l'ai baptisé avec un peu de l'eau que je portais dans ma gourde. Je lui ai donné le reste à boire.

Mon père et le curé terminèrent leur verre. Ma mère trempa ses lèvres sur le bord du sien en faisant une grimace.

— C'est fort, dit-elle.

— Mais c'est bon, dit mon père en faisant claquer la langue.

On m'avait donné en guise de siège le prie-Dieu recouvert de velours rouge. J'y étais mal à l'aise et, de plus, il restait dans mes souliers vernis de la terre du pot cassé. Profitant de ma position basse qui me mettait à l'abri du regard des grandes personnes, je me déchaussai, dans l'intention de me débarrasser du gravier parasite. En me penchant, j'aperçus des choses étonnantes sous le bureau du curé. Celui-ci était en chaussettes, les pieds posés sur une chaufferette. Ses grandes chaussures ecclésiastiques étaient rangées à côté, à portée de ma main. Je me hâtai d'y vider le contenu des miennes. Personne ne s'en aperçut et je repris une attitude attentive aux propos des adultes.

— J'irai au paradis avant vous, monsieur le curé, disait mon père en plaisantant... parce que les voyous et les fils du peuple, c'est pour nous, les instituteurs de l'école laïque.

— Dieu seul est juge, dit le curé. Le royaume des cieux appartient déjà aux pauvres de ce monde. Ce sont les riches qu'il faut sauver.

Ma mère intervint avec le sourire.

— M. le curé a raison, il faut de tout pour faire un monde.

— A propos, dit mon père, vous avez bien le jeune Pierson au catéchisme ?

— Le gros rouquin, celui dont le père travaille à la faïencerie ?

— C'est ça. Je ne sais pas comment il est avec vous, mais, moi, je ne peux rien en tirer. Il n'apprend pas ses leçons, il est étourdi.

— Au catéchisme, c'est la même chose.

— Et pourtant il est intelligent, il a un bon fond.

— Que voulez-vous, c'est le milieu. La mère se teint les cheveux. Et le petit Midon, qu'est-ce qu'il donne chez vous ?

— Très tête en l'air en ce moment.

— Chez moi, c'est la même chose. Lundi dernier, il m'a répondu au catéchisme que Dieu était un pur esprit entouré d'eau de toutes parts !

Mon père se tut, l'air un peu coupable. Il se souvenait que ce lundi-là, en effet, il avait dû faire copier cent fois au Midon la définition d'une île. Le gamin n'arrivait pas à la loger dans un coin de son crâne. Mon père constatait que sa pédagogie réussissait au-delà de ses espérances ! M. le curé en conclut ceci :

— Il y a en ce moment un laisser-aller général. La marmite bouillonnera jusqu'au jour où...

Il n'en dit pas plus, laissant à ses auditeurs le soin d'imaginer eux-mêmes la catastrophe finale.

— Et lui, comment ça va ? dit ma mère en me montrant du doigt.

— Pour les commandements de Dieu, ça va. Mais pour les commandements de l'Église, Mlle Gosselin m'a dit qu'il fallait qu'il révise encore.

Depuis un an en effet, j'allais deux fois par semaine subir au catéchisme l'enseignement de Mlle Gosselin, personne de petite taille qui ne souriait jamais, gardait toujours son chapeau noir sur la tête et portait au-dessus de la lèvre une toupe plantée de quelques poils. Elle nous faisait réciter les prières, quelques cantiques et les commandements.

Le catéchisme avait lieu à l'école chrétienne où les fils d'officiers, de commerçants et de notables avaient déjà leurs places réservées à l'avant. Nous autres, de la communale, étions relégués au fond sur des bancs. Nous ne le regrettions pas, c'était la meilleure place pour envoyer impunément, avec nos règles creuses en guise de sarbacanes, des boulettes de papier mâché dans les nuques des calotins rangés devant nous. Ils nous méprisaient, ces prétentieux, disant partout que nous sentions mauvais alors que c'était leur classe qui puait l'œillet de Chypre que Mlle Gosselin vaporisait avant chaque séance.

Les règlements de comptes étaient fréquents. L'épisode le plus fameux eut lieu à l'église un dimanche matin, pendant la grand-messe. Le Joseph Silva, chef de bande à la communale, fit un croche-pied à l'enfant de chœur de l'école libre qui faisait la quête. Celui-ci s'étala de tout son long, son plateau se renversa et l'argent de la quête roula sur la grille du chauffage. Trois cents francs au moins passèrent au travers, on ne put jamais les récupérer, en dépit des efforts du suisse et du bedeau accourus aussitôt sur les lieux et qui essayèrent, avec une maladresse funeste, d'attraper comme des mouches les pièces restées en équilibre sur les volutes de la grille.

Je me rendis moi-même coupable de plusieurs forfaits. Je dérobai en particulier un peu du soufre qui servait à mon père pour les leçons de choses et je le remis à un enfant de chœur laïque qui le mélangea à l'encens. Il y eut ainsi quelques offices pendant lesquels l'atmosphère de l'église devint irrespirable. Le curé n'en finissait pas d'éternuer et ne pouvait même plus chanter. Les enfants de chœur pleuraient. Après avoir changé plusieurs fois de fournisseur d'encens, M. le curé fit lui-même une enquête et découvrit l'origine laïque des vapeurs sulfureuses. Il n'en fit pas un drame, de crainte d'envenimer les rapports précaires de l'école libre et de l'école laïque. Les conjurés furent condamnés à trois *Pater* et quinze *Ave* chacun et l'exécution de la peine ne fut même pas contrôlée.

M. le curé n'en parla jamais à mon père, ce qui prouve bien que même dans les guerres de religion les trêves sont possibles. Une autre preuve de la générosité de ce prêtre me fut donnée ce jour-là lorsque, nous ayant invités à aller au jardin visiter ses ruches, il remit ses chaussures et, chemin faisant, ne se plaignit pas des cailloux versés par moi dedans. Il nous présenta gaiement ses ruches en sommeil et ses espaliers enveloppés dans des manchons de paille.

Mlle Marie demanda à voix basse à ma mère :

— Alors ! Et les petits pois ?

— Parfait ! Je les ai conservés comme vous me l'avez recommandé. Une cuillerée de sel pour deux cuillerées d'eau tiède. Ils sont excellents. Chaque dimanche, nous en ouvrons un bocal et nous pensons à vous.

Ma mère mentait. Mlle Marie lui avait bien donné une recette nouvelle qui permettait de conserver les petits pois sans les cuire, mais le résultat n'avait pas été excellent. Un mois après que les bocaux eurent été rangés un peu partout dans la maison, quelques-uns sous les lits, d'autres sur les armoires, mes parents furent réveillés en pleine nuit par une violente explosion. Ma mère, sentant sur elle la présence d'un liquide dont la consistance ressemblait à du sang, se mit à pousser des cris. Mon père alluma. Il y avait des petits pois partout, sur le lit, dans le lustre, dans les cheveux de mes parents, sur le tapis... Les murs en étaient éclaboussés. Un bocal rangé sur l'armoire venait d'exploser.

Trois jours plus tard, on retrouvait encore des petits pois dans le bénitier du crucifix accroché au mur au-dessus du lit et derrière le portrait de mes grands-parents paternels.

Mes parents décidèrent de descendre les autres bocaux à la cave, d'où le bruit des explosions, qui continuèrent, ne nous parvint que fortement atténué.

— Je suis contente de savoir que ma recette vous a réussi ! dit Mlle Marie... Je le dirai à ces dames de la Ligue qui hésitaient encore. Quand elles sauront que même chez vous ça marche, je suis sûre qu'elles adopteront cette méthode, la seule qui garde vivaces les vitamines contenues dans les petits pois !

Mes parents félicitèrent encore une fois Mlle Marie et nous rentrâmes à la maison.

Le printemps fit irruption au début de mars. Dans la nuit déjà, on avait entendu la neige fondre des toits. Au matin, le soleil semblait moins pâle, l'air était doux et les murs de l'école froide étaient devenus humides. Les alignements de bâtons à chapeaux réapparaissaient. La machine du père Toubens hoquetait, soufflait et projetait dans le ciel des avortons de nuages noirs. Il fallait deux jours pour que ceux-ci devinssent blancs et que la chaudière trouvât un rythme régulier.

Les élèves assemblés dans la cour ne couraient pas, se parlaient à voix basse, comme dans une école neuve. Ils s'arrêtèrent à l'entrée de la classe, surpris par le spectacle de l'intérieur.

D'innombrables papillons blancs volaient dans le soleil. Ils se posaient sur le globe terrestre, butinaient le bord des encriers, auréolaient le buste de la République au-dessus du bureau de mon père.

— Vite, vite ! Il reste peut-être encore à voir des chrysalides qui vont éclore, dit mon père en poussant dans la classe le troupeau ahuri de ses élèves.

Mon père en ce temps-là était un précurseur, un partisan de l'enseignement de la nature par l'observation *de visu* de ses mystères. Pour cela, il nous avait fait ramasser dans les jardins des chrysalides de piérides du chou, il nous les avait fait mettre dans des bocaux alignés sur la fenêtre. Jour après jour, nous observions leur sommeil mystérieux, n'arrivant pas à croire que ces espèces de crottes inertes pourraient donner des papillons jaune et blanc. Et puis voilà, n'attendant même pas que mon père fût en place à son bureau, un coup de vent chaud venu du sud faisait sauter trois jours d'un coup au programme de sciences naturelles du certificat d'études ! Dans les bocaux sur la fenêtre, plus que des chrysalides vides ! Mon père nous rassembla devant son bureau, dans le soleil et les papillons, et il nous fit réciter mezza voce le *Premier Sourire du printemps* de Théophile Gautier :

Tandis qu'à leurs œuvres perverses
Les hommes courent, haletants,
Mars qui rit malgré les averses
Prépare en secret le printemps.
Pour les petites pâquerettes,
Sournoisement lorsque tout dort,
Il repasse des collerettes
Et ciselle des boutons-d'or.
Puis, lorsque sa besogne est faite
Et que son règne va finir,
Au seuil d'avril tournant la tête,
Il dit : « Printemps, tu peux venir ! »

Et tandis que nous murmurions notre poème, les papillons décrivirent parmi nous de lumineuses arabesques, plusieurs allant jusqu'à se poser dans les cheveux de certains, signe évident que le miracle n'est pas un monopole des milieux cléricaux !

Cela fait, lentement, majestueusement, mon père ouvrit en grand les fenêtres et nous restâmes là, immobiles et muets, jusqu'à ce que toutes les piérides se fussent envolées dans la cour de récréation.

Curieusement, un seul papillon refusa de partir. Il se posa, battant délicatement des ailes, sur l'une des images qui décoraient les murs de la classe. C'était une photographie agrandie représentant mon père et ses élèves, cinq ans plus tôt, au cours d'un exercice pratique d'enseignement agricole. Il s'agissait de démontrer l'utilité des engrais azotés. On y voyait un terrain divisé en deux parties égales ; à gauche, une herbe basse, de médiocre apparence ; à droite, de grandes tiges drues et pleines de sève ; au centre, dans le sillon, mon père, qui avait mis son grand chapeau de paille, tenait une pancarte dans chaque main ; à gauche, on lisait : *Blé sans azote* ; à droite : *Blé avec azote.*

Pour frapper davantage les esprits et leur rendre plus évident le contraste, il avait aligné les petits de la classe enfantine dans le champ de blé sans azote et les grands du certificat d'études dans le champ avec azote.

Mon père profita de l'occasion pour nous faire observer de près la structure particulière en trois parties du corps d'un papillon. Mais, à cause des fenêtres ouvertes et du courant d'air que cette situation provoquait, il éternua, le papillon prit peur et s'enfuit à son tour.

Chaque printemps ramenait la fête des Rogations. La paroisse partait en procession dans les champs pour demander à Dieu, soleil et belles moissons. Cette tradition concernait surtout les quartiers nord de la ville qui avaient encore une activité agricole.

En tant que catéchumène de deuxième année, je devais y participer avec les autres enfants de la paroisse. Compte tenu de la distance à parcourir, huit kilomètres, la cérémonie commençait de bonne heure. Les paysans y étaient assidus. Bien qu'employant des engrais chimiques, ils restaient persuadés que pour l'essentiel, le match final entre la pluie, le vent, le soleil et les parasites, la Providence restait l'arbitre suprême. Endimanchés, sentant bon le linge propre tout juste sorti des armoires, ils remplissaient la nef.

Après la messe, vers huit heures, la procession se mit en route. Il y avait en tête le suisse, le bedeau et un premier groupe de solides enfants de chœur qui devaient se relayer pour porter la croix dorée ornée de pierreries. Les autres arrivaient ensuite : les « pots de fleurs », simples figurants en robe rouge et surplis blanc qui se croisaient les bras, le thuriféraire et le naviculaire avec l'encensoir, les deux acolytes en soutane blanche, le cérémoniaire, le plus beau de tous avec une robe violette, un surplis de dentelle et un scapulaire bordé d'hermine.

Derrière les jeunes abbés venait M. le curé revêtu d'une chape brodée. Il tenait le saint sacrement enfermé dans un ostensoir en forme de soleil aux rayons d'or. Quatre messieurs de la Confrérie, tous anciens combattants avec leurs décorations, portaient au-dessus un dais doré bordé de franges d'argent. Puis il y avait le cortège des enfants de Marie, en tuniques bleu ciel, avec leur bannière et la statue de la Vierge portée par quatre jeunes filles aux épaules larges. Elles chantaient d'une voix aigrelette. Les enfants du catéchisme, nous venions ensuite, les filles devant, les garçons derrière, surveillés par Mlle Gosselin qui avait mis son chapeau à voilette. Après nous, marchaient en rangs serrés les louveteaux, les cœurs vaillants, les scouts et enfin la masse noire et compacte des paroissiens.

Au fur et à mesure que la procession s'éloignait de l'église, la piété des badauds qui nous regardaient passer diminuait. Au début, les commis pâtissiers, bouchers ou charcutiers posaient à terre les paniers qu'ils portaient sur la tête pour faire le signe de la croix. Le laitier suspendait un instant le geste de remplir la casserole d'une cliente. Mais à partir du pont sur la Meurthe, les ménagères qui bavardaient sur le pas des portes ne cachaient plus dans les couloirs leurs têtes couvertes de bigoudis. Plus loin, des maçons perchés sur un échafaudage ne prêtèrent même pas attention à notre passage. Ils sifflotaient *Marinella* de Tino Rossi. Pour compenser, vicaires et anciens combattants crièrent le *Veni Creator*. Les maçons surpris levèrent la tête. Parmi eux se trouvaient plusieurs Italiens. Voyant passer la cohorte des enfants de Marie, pieuses jeunes filles décorées de voiles bleus sur la tête et aspergeant la chaussée de pétales de roses, ces ouvriers, pourtant originaires du même pays que le pape, sifflèrent et adressèrent à ces vierges des gestes dont la grossièreté devait ne m'être révélée que quinze années plus tard.

La procession s'engagea sur la route. Le soleil sortait de la brume qu'un vent froid venu de l'est chassait rapidement. De temps en temps, une automobile passait en ralentissant. On voyait à l'intérieur les hommes se découvrir et les femmes se signer, puis la voiture repartait tandis que dans les rangs du catéchisme nous nous disputions à voix basse pour décider si c'était une Peugeot ou une Citroën. Mlle Gosselin mettait fin au débat par une gifle qui ne frappait jamais le vrai coupable. A cause de la rosée sur sa voilette, Mlle Gosselin ne voyait le monde qu'à travers un grillage éblouissant. Au carrefour du cimetière, les plus âgées des dames de la Ligue, fatiguées, désertèrent le cortège et allèrent finir la cérémonie sur les tombes toutes proches de leurs époux.

La procession prit le chemin qui bordait la rivière. Cette fois, ce furent des hommes qui abandonnèrent. En passant devant le café « Chez Fernand », qui était un de leurs rendez-vous de pêche, ils ne purent s'empêcher d'y aller boire un verre. Plus tard on en vit quelques-uns, pris de remords, qui nous rattrapèrent au pas de course, tenant leur parapluie d'une main et leur chapeau de l'autre.

A un coude de la rivière la procession surprit un pêcheur à la ligne. Quoique jeune, l'homme devait être de sensibilité catholique car il se leva, enleva sa casquette et baissa les yeux humblement. A ce moment-là, son bouchon disparut d'un coup, entraîné sûrement par un poisson énorme. Quelques hommes de la procession lui firent signe que ça mordait. Mais le pêcheur n'osait ferrer tant que le saint sacrement ne s'était pas éloigné.

Un chien furieux sortit d'une ferme. Excité par la rutilance de la pompe autour de l'ostensoir, il se jeta sur le curé et planta ses crocs dans le bas de sa lourde chape, arrachant déjà la frange d'argent. Les porteurs du dais essayèrent d'éloigner la bête à coups de pied. Mais le chien enragé ne lâchait pas prise. D'où j'étais, je voyais le dais tanguer au-dessus des têtes comme un navire saisi par la tempête. Il eût sans doute fait naufrage si n'eût accouru un vieux chef scout en culottes courtes qui mit l'animal en fuite à coups de bâton. Il le poursuivit jusqu'à l'entrée de la ferme, le traitant de vermine et de roquet galeux. Le fermier, sortant de chez lui à ce moment-là, sauva son chien, injuriant le chef scout en termes si grossiers qu'il n'est même pas possible de les rapporter ici.

Le chef scout se drapa dans sa dignité et regagna les rangs en chantant le *Veni Creator* plus fort que tout le monde.

Le lent cortège s'étirait dans la campagne. Les dernières brumes disparaissaient très haut dans le ciel. Le soleil devenait chaud et l'on entendait le cri heureux des alouettes. De temps en temps, un paysan quittait la procession pour aller redresser un piquet de clôture ou voir où en était son champ de blé vert. Dès qu'il sortait du chemin, il relevait le bas de son pantalon noir, pour ne pas le mouiller dans la rosée. Mlle Gosselin ne maîtrisait plus la discipline dans nos rangs. L'air vif nous donnait envie de faire des bonds. Les prétextes à pousser des cris ne manquaient pas, la fuite d'un lapin de garenne à gauche, l'envol d'une compagnie de perdreaux à droite ou tout simplement la présence de champignons blancs dans le pré voisin.

Le chemin s'arrêtait au bas de la colline. Ensuite, il n'y avait plus qu'un sentier qui montait en lacet, au travers des vignes et des vergers en fleurs. Ces messieurs de la Confrérie ne pouvaient aller plus loin avec leur dais. Ils le posèrent dans un champ et s'assirent à l'ombre en s'épongeant le front. Ils étaient exténués et semblaient satisfaits de devoir attendre là le retour de la procession. Ils furent remplacés par un enfant de chœur qui déplia une sorte de parapluie de velours doré qui ressemblait à celui que Vendredi portait au-dessus de la tête de Robinson Crusoé dans nos livres de lecture.

M. le curé en profita pour se reposer aussi. Il confia le lourd ostensoir à un jeune abbé qui le reçut avec vénération. Puis il se débarrassa quelques instants de sa chape d'or qui le faisait transpirer et agita les bras pour chasser les crampes.

Sous les branches basses des pommiers, on apercevait quelques enfants de chœur retroussant leurs soutanes. Les légères colonnes de vapeur blanche qui montaient devant chacun d'eux prouvaient que malgré l'heure, neuf heures et demie déjà, le fond de l'air restait frais. A dix heures moins vingt, la procession se remit en marche.

Elle s'engagea dans un sentier et s'étira en une longue file, multicolore au début, noire à la fin. Il y avait dans l'air le bourdonnement des premières abeilles, l'odeur enivrante de la terre mouillée et des fleurs nouvelles. Les demoiselles de la congrégation des enfants de Marie chantaient avec exaltation. Il est malheureusement difficile, lorsque la tête d'une chorale se trouve à quinze cents mètres de la queue, de faire chanter ensemble le tout. Pour nous autres qui nous trouvions au milieu, si par hasard le vent nous ramenait en même temps les mélodies des deux bouts, nous nous trouvions étourdis par une cacophonie dans laquelle il était délicat de prendre part. En plus, quelques garnements ajoutèrent des chants laïques, ce qui accrut la confusion. Nos abbés avaient beau courir d'un bout à l'autre de la procession, ardents comme des chiens de berger, une paroisse, c'est comme un troupeau qui s'emballe, ça ne se calme que si on se jette devant, les bras en croix, ce qu'ils firent, courageusement !

Enfin le silence revint, seulement troublé par les cris d'un enfant de chœur qui venait d'être piqué par une guêpe. M. l'abbé Clément attendit que la mère, accourue en bousculant tout le monde et en criant « Mon pauvre Pierrot, mon pauvre Pierrot ! » l'eût remmené avec elle à la fin du cortège pour relancer le chant dans l'harmonie enfin retrouvée.

Plus nous approchions du sommet de la colline, plus la progression devenait difficile. Quelquefois, les enfants de chœur de tête avaient des difficultés à faire passer la lourde croix sous les branches basses des arbres fruitiers. Mais il fallait avancer. En haut, le calvaire de la Croix-Saint-Jean nous attendait, but obligatoire de la procession des Rogations. De ce belvédère battu par les vents, M. le curé n'aurait que quatre coups de goupillon à donner pour bénir d'un coup les douze mille cinq cents hectares de la paroisse, y compris les bois, les vignes et même les terres de ceux qui n'allaient pas à la messe.

— Courage, mes enfants ! disait le bedeau aux porteurs de la sainte croix.

— On essaie, on essaie, monsieur Perrot-Mineau, répondaient-ils malgré leur essoufflement.

Leur mérite était grand : à chaque mouvement qu'ils faisaient en avant, ils recevaient des branches une pluie de rosée dans le cou. Sœur Marie-Josèphe de la Sainte-Agonie les surveillait. Responsable de l'entretien des pieux ornements, elle veillait à ce que les surplis de dentelle de ces enfants de chœur ne fussent pas arrachés par les ronces. M. le curé mettait à profit ces instants de ralentissement forcé pour bénir des coins qui en avaient particulièrement besoin, une vigne chlorosée par-ci, un bouquet de cerisiers chétifs par-là. Près de lui, les encensoirs enveloppaient d'odeur sacrée les aubépines en fleur. A onze heures, nous arrivâmes au calvaire de la Croix-Saint-Jean. Les cloches sonnaient à toute volée dans plusieurs paroisses environnantes, emplissant le ciel d'une allégresse enivrante. C'était l'un de ces moments de qualité pendant lesquels l'existence de Dieu ne fait de doute pour personne !

Nous n'étions pas les premiers arrivés là. La paroisse de Donjevin nous y avait précédés, avec sa pompe et ses cantiques. Mais alors que nous, à Lunéville, demandions à Dieu du soleil pour faire mûrir le blé, eux, ils réclamaient de la pluie pour faire pousser l'osier avec lequel ils faisaient des paniers. Heureusement, le latin, langue dans laquelle ces requêtes contradictoires étaient présentées au Seigneur, n'était connu que des prêtres, grâce à quoi notre rencontre avec la paroisse de Donjevin ne dégénéra pas en bataille.

Nous attendîmes à l'ombre des mirabelliers en fleur que les fidèles de l'osier eussent terminé leurs modestes dévotions. Les paroissiens de Lunéville regardaient le ciel avec inquiétude. Des nuages noirs se rassemblaient au-dessus de nos têtes. Le vent subitement avait cessé de souffler et on entendait au loin les grondements du tonnerre.

— Ça ne m'étonne pas ! dit mélancoliquement notre curé... C'est toujours comme ça quand nous n'arrivons pas les premiers à Saint-Jean.

Les premières gouttes tombèrent au moment où les gens de Donjevin s'en allaient. Nous prîmes leur place en vitesse. Hélas ! c'était déjà trop tard ! A peine avions-nous entonné le cantique demandeur de soleil qu'une giboulée diluvienne s'abattait sur nous.

Ainsi se trouvait vérifiée l'idée selon laquelle la bienveillance divine appartient aux gens qui se lèvent tôt.

A part le curé sous son parasol et quelques autres avec des parapluies, nous fûmes trempés jusqu'à la chemise. Nous regagnâmes Lunéville au pas de gymnastique, du moins ceux qui en avaient la force. Quelle ne fut pas notre déconvenue, en arrivant en ville, de découvrir que là au moins le soleil n'avait pas cessé de briller !

Maints pédagogues tireront de cette observation des conclusions intéressantes.

Le jeudi suivant, mon père profita du beau temps pour bêcher le jardin. Ma mère et moi, nous l'aidâmes à nettoyer les allées et à brûler les mauvaises herbes. Comme le garage avait aussi une porte de ce côté, mon père l'ouvrit toute grande et poussa l'auto de deux mètres au-dehors.

— Il faut lui faire prendre l'air, dit-il en la débarrassant de sa housse. Ça fera du bien au moteur.

Jamais elle ne nous avait paru si belle. Le soleil la faisait étinceler et les branches du pêcher en fleur s'inclinaient doucement jusqu'à toucher sa carrosserie. Sa présence décupla le courage de mon père. Il se mit à retourner la terre avec ardeur. De temps en temps, il relevait la tête en s'essuyant le front du revers de la main et se reposait quelques instants en contemplant l'auto.

— Il faut dire ce qui est, les voitures d'aujourd'hui ont tout à fait la ligne harmonieuse, ce qui n'enlève rien à la puissance du moteur, d'ailleurs.

Ma mère regardait l'auto d'un air rêveur.

— Tu ne crois pas qu'il faudrait aussi de temps en temps la faire rouler ? dit-elle.

— Tu sais bien qu'on a été en deuil jusqu'à présent.

Ma mère se tut. Le souvenir de la mort de son père lui ramenait en mémoire des pensées sombres. Mon père reprit :

— Et puis il y a les voisins, ils sont jaloux. On commence déjà à raconter des histoires.

— Des histoires ?

— Pas grand-chose. Ça rentre par une oreille et ça ressort par l'autre.

— Qu'est-ce qu'on dit ?

— Il ne faut pas y faire attention, ce sont des racontars. Si j'en parle, c'est seulement pour dire qu'il vaut mieux ne pas trop montrer l'auto, du moins au début.

— Qu'est-ce qu'ils disent, les gens ?

— Rien, je te dis... L'autre jour, la mère Murère disait au laitier que ton père avait bien fait de mourir maintenant et que sans héritage on n'aurait pas pu payer l'auto... Tu vois, ce sont des histoires.

Le regard de ma mère devint très triste.

— Tout ça ne serait pas arrivé si on ne s'était pas cachés comme des malfaiteurs, dit-elle.

— Comment, comme des malfaiteurs ? s'écria mon père... Qui c'est qui a eu l'idée de s'en servir pour une leçon de choses ?

— Ah ! parlons-en, de ta leçon de choses !...

La conversation s'envenima. Les disputes étaient rares à la maison. Elles provenaient toujours du dépit que mes parents éprouvaient à se savoir mal considérés par les autres. Dans ces circonstances pénibles, ils trouvaient un prétexte pour m'éloigner quelques instants. Mon père m'envoya chercher une bouteille de bière chez le père Godot. J'essayai de ne pas obéir sur-le-champ. Mais mon père me chassa du jardin sur un ton qui n'admettait pas de réplique.

La maison du père Godot était construite au-dessus de la rivière. En été, c'était avec l'église le seul endroit frais du pays. On n'y rencontrait guère que deux ou trois paysans qui sentaient la sueur, parlaient en jurant et s'en allaient en laissant sur la table des pièces de monnaie et des ronds humides où les mouches se noyaient en bourdonnant.

Le père Godot était un pêcheur enragé. Il avait profité de la situation particulière de sa maison pour ouvrir dans le plancher de la salle de café une trappe donnant directement sur la rivière. Il passait là ses journées, assis près du comptoir et pêchant en silence par le trou du plancher.

Je dus attendre un long moment avant qu'il prêtât attention à ma présence.

Enfin, au bout de vingt minutes, il sortit de son trou un goujon luisant dans la pénombre. Comme le père Godot ne pêchait que pour le plaisir, il jeta le poisson à son chat qui montait la garde sur le bord de la trappe.

— Tiens, Joffre, dit-il.

M. Godot donnait à ses chats les noms de prestigieux généraux de la guerre de 14.

Joffre joua avec le goujon comme avec une souris.

Ayant posé sa ligne sur le comptoir, le père Godot sortit d'un placard une corde terminée par un crochet et, avec celle-ci, il remonta une canette de bière de la rivière. C'était l'endroit où il mettait à rafraîchir ses boissons.

Je posai mon argent sur le comptoir et je partis en courant, serrant contre moi la bouteille. Pendant ma courte absence, l'idée d'un voyage en automobile n'avait pas fait beaucoup de progrès dans l'esprit de mes parents. Mon père était de mauvaise humeur et m'envoya au diable quand je lui présentai la bière.

— Va la ranger à l'ombre, dans le garage, me dit ma mère sur ce ton bas que l'on n'emploie qu'au chevet des malades.

Je partis avec ma bouteille. L'auto était toujours là, tristement immobile à l'ombre du pêcher, et reflétait sur sa carrosserie l'image déformée et grotesque de mes parents qui s'acharnaient à travailler en silence.

Je pénétrai dans le garage. Quand mes yeux se furent habitués à l'ombre, j'aperçus par terre, juste à l'endroit où la voiture se trouvait normalement, une grande tache noire. Il n'y avait pas de doute possible, c'était l'automobile qui avait perdu une partie de son liquide intérieur, comme du sang. Affolé, je courus prévenir mes parents.

Mon père posa sa bêche et vint au garage, essayant de cacher son inquiétude. Il considéra longuement la tache.

Ma mère et moi retenions notre respiration. Mon père se baissa, trempa son doigt et alla l'examiner au grand jour.

— C'est de l'huile, dit-il d'une voix grave. Elle provient sûrement du moteur.

Il essuya son doigt, monta à la maison pour prendre une veste et partit sans donner d'explication, avec un air si préoccupé que ma mère n'osa pas le questionner.

Nous l'attendîmes en silence, assis sur le marchepied.

De temps en temps, ma mère soupirait :

— Ah ! c'était trop beau. J'étais sûre qu'elle attraperait quelque chose.

Au bout d'une heure, mon père revint avec un petit homme gros et sale qui portait à la main une caisse à outils.

Après quelques instants de réflexion, l'homme se gratta le menton et dit :

— Ouais... C'est sûrement une fuite.

Puis, déballant ses outils, il ajouta :

— Peut-être la boîte de vitesses... peut-être le pont...

Mes parents échangèrent des regards désespérés. Le mécanicien se coucha sur le sol pour visiter le dessous de notre voiture.

— Je vais chercher une couverture pour mettre sous votre dos, dit ma mère.

Mon père proposa d'apporter une lampe électrique.

Mais le mécanicien n'avait besoin de rien.

— Laissez-moi faire, dit-il. J'ai l'habitude. J'ai perdu depuis longtemps l'envie d'avoir des courbatures.

Il se glissa sous l'auto. On ne voyait plus que ses pieds. Pendant un long moment, il ne bougea pas.

— Alors, dit mon père timidement, vous voyez quelque chose ?

Le mécanicien ne répondit pas et se mit à siffloter une chanson de Lys Gauty.

— Voulez-vous que je vous aide ? reprit mon père.

L'ouvrier continuait à siffler, donnant de temps en temps un coup de marteau.

— Va donc lui chercher un peu à boire, dit mon père à ma mère, il doit avoir soif d'être ainsi couché sur le dos.

Quand ma mère revint avec un verre et une bouteille de vin, l'ouvrier donnait des coups de marteau si violents que toute la voiture en tremblait.

— Tu es sûr qu'il s'y connaît en automobiles ? demanda ma mère à voix basse.

Bien qu'il parût, lui aussi, très inquiet, mon père répondit avec assurance que ce monsieur était digne de confiance. C'était le père d'un de ses élèves les plus sérieux de sa classe et il avait déjà réparé plusieurs fois l'auto du médecin.

— Alors ! Ça va ? demanda mon père en se penchant.

Après un long instant de douloureuse attente la voix du mécanicien répondit enfin :

— Moi, ça va. C'est votre auto qui ne va pas.

— C'est grave ?

— Justement, je n'en sais rien. Je ne trouve pas la fuite.

Il se passa encore un long moment et puis, brusquement, le petit homme s'écria :

— Ça y est ! J'ai trouvé.

— Ah ! dit mon père avec une indifférence feinte.

Et, comme l'autre n'en disait pas davantage, il ajouta d'une voix qui déraillait :

— Qu'est-ce que c'était ?

Le mécanicien ne répondit pas. On l'entendit donner encore quelques coups de marteau, et, enfin, il réapparut au grand jour.

— Voilà ce que c'était, dit-il en se levant et en montrant une goutte d'huile qu'il avait reçue au milieu de sa joue droite. C'est votre bouchon de carter qui fermait mal. Il suffisait de le revisser un peu.

— Vous êtes sûr qu'il n'y a rien d'autre ?

— Tout à fait sûr. Elle est neuve, cette bagnole-là ! Vous ne voudriez tout de même pas qu'elle s'en aille déjà en petits bouts !

— On ne sait jamais, dit ma mère timidement.

— Si vous voulez, je vais faire tourner le moulin.

Il entra dans la voiture, mais en ressortit aussitôt en se bouchant le nez.

— Mais qu'est-ce que c'est qui pue comme ça dans votre bagnole ? dit-il.

— Un peu de naphtaline pour chasser les mites, répondit ma mère d'une voix suave.

— Eh bé ! On aurait dû lancer ça contre les Allemands à Verdun. La guerre aurait fini plus tôt.

Mon père ouvrit les portières et des boules de naphtaline blanche roulèrent un peu partout.

Le mécanicien consentit à revenir dans la voiture. Il mit le moteur en marche.

— Vous voyez, ça tourne, dit-il.

Mais on entendit aussitôt comme des grincements. Le mécanicien ouvrit le capot pour en déceler la cause.

— Ça alors ! dit-il. Mais vous ne vous servez donc jamais de votre auto ?

— Rarement, dit mon père d'un air coupable.

— Ça ne m'étonne pas.

Et il sortit de dessous le capot une nichée de petits chats.

— Ils ont bien six semaines !

— C'est sûrement la chatte des voisins, répliqua mon père.

— Elle est passée par en dessous, dit le mécanicien. Sur les voitures modernes, on laisse maintenant un espace entre le moteur et l'avant du châssis. N'empêche qu'ils ont eu chaud !

Ma mère mit les chats dans une boîte, en se promettant d'aller les rendre aux voisins. Le mécanicien examina le moteur. Quand il eut terminé, il se redressa et hocha la tête d'un air grave.

— Monsieur, ça ne me regarde peut-être pas, mais c'est mon devoir de vous le dire... Une automobile, c'est fait pour rouler. Si vous ne roulez pas, la mécanique se détériore, c'est forcé. Les aciers se rouillent, les accus perdent du courant, les câbles se dessoudent, les joints se desserrent, les courroies sont rongées par l'humidité. Une automobile, c'est comme un être humain, si on ne la fait pas fonctionner, elle dépérit. Je vous parie que, si dans un an vous ne vous en êtes pas encore servi, elle partira en morceaux le jour où vous la sortirez du garage. Les roues iront d'un côté, la carrosserie d'un autre et vous...

En achevant sa phrase, il eut un geste vague qui ne donnait pas cher de la vie de mes parents.

— On pourrait aller de temps en temps à Nancy, suggéra mon père.

— Bien sûr, ce serait mieux que rien, mais pour vraiment roder un moteur, il faudrait lui faire parcourir des grandes distances. Moi, je dis qu'une voiture qui n'a jamais fait plus de cinq cents kilomètres d'un coup n'est pas une voiture rodée !

Le mécanicien remballa ses outils avec l'air important du médecin qui vient d'établir un diagnostic sévère.

Quand il fut parti, mon père repoussa la voiture à l'intérieur du garage et ferma la porte en grognant :

— Roder la voiture, roder la voiture ! C'est facile à dire, mais où aller ?

La première délibération eut lieu pendant le repas du soir. L'idée qui revenait naturellement à l'esprit de mes parents était de visiter les membres les plus éloignés de la famille (le mot « éloigné » devant être pris au sens kilométrique et non pas généalogique). Malheureusement cette famille n'avait jamais eu l'audace d'essaimer au-delà du département et, même en roulant en zigzag, il eût été difficile de dépasser 350 kilomètres ! Et puis ma mère craignait que ces visites insolites à des gens qui n'avaient pas les moyens de se payer une auto ne réveillassent l'ancestrale jalousie des paysans envers les fonctionnaires. Il ne fallait pas écarter l'hypothèse, en certains endroits, d'être mis à la porte des fermes sans même y boire un verre d'eau.

Mon père proposa le tour des principaux champs de bataille de la guerre de 14. Ça lui serait une occasion de revoir des endroits qu'il connaissait bien. Mais ma mère préférait le pays du Midi.

— Ce dont j'ai toujours rêvé, c'est de voir au moins une fois dans ma vie Nice et la promenade des Anglais.

— Tu ne te rends pas compte, répondit mon père. Il y a mille trois cents kilomètres environ à vol d'oiseau, ce qui fait au moins mille trois cent cinquante par la route.

L'avantage de la profession d'instituteur sur beaucoup d'autres, c'est qu'elle met à la disposition de ceux qui la pratiquent un matériel de documentation géographique qui permet de se faire à domicile une idée précise du vaste monde. Le fondement national de cette connaissance était la série murale des cartes Vidal-Lablache, avec renfort toilé aux angles et sur les côtés.

Bien que la nuit fût déjà tombée, mes parents ne virent pas d'autre solution que de descendre en classe et d'y étudier une par une toutes ces cartes dans l'ordre de leur classement, géologique, géographique, hydrographique, économique, démographique et politique. Ma mère s'assit à une table d'écolier, au premier rang, tandis que mon père, debout près du tableau, assurait la présentation, baguette en main.

Ils éliminèrent d'abord les régions dangereuses : l'Aquitaine, à cause des crues subites de la Garonne, et la région de Paris où la densité de population atteignait le chiffre extraordinaire de 37 000 habitants au kilomètre carré. Mon père y voyait déjà notre automobile submergée par la foule.

Par contre, il se sentait attiré par des régions hercyniennes comme la Bretagne ou le Massif Central. Leur grand âge, l'austérité de leur végétation et la modestie de leur relief faisaient à mon père une impression de sérieux que ne donnaient pas les Alpes avec leurs précipices et leurs avalanches. Le mont Gerbier-de-Jonc lui paraissait sympathique, à cause de ses prairies paisibles et de ses modestes 1 551 mètres d'altitude. Il aurait aimé visiter le canal de Briare, construit par Henri IV.

Les goûts de ma mère étaient plus futiles. Elle mourait d'envie d'aller voir un puits artésien dans la région du Nord et cette fameuse boutonnière du pays de Bray qui lui suggérait cette idée amusante :

Peut-être que dame Nature avait besoin, comme tout le monde, de coutures et de boutons pour ajuster sa verte parure de prairies et de guérets ?

Le plissement calcaire appelé Chapeau-de-Gendarme, près de Saint-Claude dans le Jura, l'attirait beaucoup aussi.

Les suggestions de mon père et celles de ma mère ne se situant pas dans les mêmes régions, à vingt-trois heures, ils cherchaient encore. Finalement, ils se mirent d'accord sur les Pyrénées occidentales qui, avec leur col de Roncevaux et leur cirque de Gavarnie, donnaient de la satisfaction à tout le monde. Des souvenirs exaltants se pressaient dans leurs mémoires, Roland sonnant l'olifant et brisant ensuite sa fidèle épée Durandal sur un roc de granit rouge à texture cristalline, mon oncle Henri affirmant à la fin du repas de noces de ma cousine Thérèse qu'on avait entendu des tigres rugir à Gavarnie le soir de la mort de Clemenceau.

Ils découvrirent qu'à côté de Roncevaux et de Gavarnie il y avait Lourdes, cette ville prestigieuse où tant de malades avaient été guéris par de l'eau minérale. Mon père se voyait déjà débarrassé d'un redoutable rhumatisme qu'il avait attrapé dans les tranchées à Verdun. Évidemment, le caractère religieux du phénomène ne faisait pas de doute. Mais Lourdes est à plus de mille kilomètres de Lunéville. Le risque que M. l'inspecteur d'école primaire apprît qu'un de ses instituteurs avait fait un de ces voyages que la morale laïque réprouve et qu'on appelle pèlerinage... était minime.

Cependant n'était-ce pas une folie que de s'aventurer ainsi dans des régions qu'on ne connaissait pas ?

— J'ai une idée, dit ma mère. Emmenons Henri. Il connaît bien le pays, lui. Il a été deux ans commis épicier chez Félix Potin, à Bordeaux.

Mon père réfléchit et trouva l'idée intéressante.

— Écris-lui, dit-il, on verra bien ce qu'il répondra.

La réponse de mon oncle Henri nous parvint pendant une leçon de géographie. Mon père essayait de nous faire retenir par cœur la liste des principaux sommets des Pyrénées. Quand il eut pris connaissance de la lettre que le facteur venait d'apporter, il devint joyeux et nous vanta les paysages granitiques des Pyrénées avec un lyrisme que je ne lui connaissais pas. Dans son exposé, il donna une telle importance à la ville de Lourdes, proche du cirque de Gavarnie, que beaucoup d'élèves crurent qu'avec l'eau de sa source on fabriquait de l'électricité.

Après la leçon, pendant que nous copiions le résumé inscrit au tableau, mon père vint près de moi et, bien que le fait de s'adresser en particulier à son fils pendant la classe fût contraire à ses principes, il me dit à l'oreille :

— Ton oncle Henri accepte.

A partir du mois de mai, une intense activité régna à la maison. Nos armoires étaient sens dessus dessous, avec leur contenu étalé sur les lits. Ma mère avait du mal à mettre au point la liste des équipements nécessaires à une expédition automobile dans le midi de la France.

Mon père n'en finissait pas de mettre au point la machine par un astiquage quotidien de sa carrosserie au coton hydrophile légèrement imbibé de cire d'abeille. Quelquefois, l'envie le prenait de mettre le moteur à l'épreuve par un petit tour de quinze kilomètres dans les environs. Après réflexion, il s'abstenait. Il craignait, l'ivresse de la vitesse aidant, de s'exposer à des déboires nouveaux. Deux mois avant le certificat d'études, il ne pouvait pas se permettre de courir un risque pareil.

Toute son attention fut donc réservée à la préparation de l'examen. Le programme était simple, il suffisait de retenir par cœur la liste des fleuves et de leurs affluents, celle des départements et de leurs chefs-lieux, la série des noms en *ou* qui prennent un *x* au pluriel : bijou, caillou, chou, genou, joujou, hibou, pou ; la famille qui-que-quoi-dont-où-lequel et ses enfants. La plus longue était celle des dates de l'histoire de France. Pas question de situer le sacre de Charlemagne en 1515, ni le soleil d'Austerlitz en 732 ! Les fautes dans ce domaine étaient sévèrement réprimées. La seule série amusante était celle des conjonctions de coordination : mais, ou, et, donc, or, ni, car. Mais mon père ne nous la faisait réciter que très rarement, comme une récompense dont il ne fallait pas abuser.

Dans la chambre du fond réservée à mon oncle Henri quand il était de passage, ma mère avait commencé le classement des bagages. Presque tous nos vêtements y étaient, y compris les manteaux et les cache-nez, car il paraît que dans les montagnes les températures peuvent descendre à un niveau très bas. Elle avait ajouté des provisions, bocaux de légumes, viandes en pâtés, gâteaux secs, confitures, fruits au sirop, car mon oncle Henri racontait que dans certains restaurants on ne mangeait pas à sa faim. Elle avait prévu aussi des couvertures et un matelas car, comme le disait Gustave Flaubert dans une dictée, les jours du comice agricole, dans certaines localités, les hôtels sont complets et on fait coucher les voyageurs sur les tables de billard. Et puis on ne sait jamais, en apportant son coucher avec soi, on obtient peut-être des réductions sur les prix de certaines auberges.

Plus une place libre dans la chambre de mon oncle Henri, ni sur le lit, ni par terre. Il y avait des couverts, des casseroles, un réchaud à alcool pour le pique-nique, un réveille-matin, cinq morceaux de savon, notre armoire à pharmacie, un miroir, une chaise, quelques kilos de pommes de terre, deux parapluies, du sucre, une cuvette, une plante verte à laquelle ma mère tenait beaucoup et qui se serait desséchée en restant seule pendant un mois, douze portemanteaux, un nécessaire à chaussures, deux missels, un cornet à fleurs de tilleul pour les tisanes, etc.

Ma mère en profitait pour recoudre, nettoyer beaucoup de choses qui en avaient besoin.

Quand mon père découvrit l'amoncellement d'objets qu'il faudrait caser dans l'automobile, il déclara tout net à ma mère que c'était impossible. Jamais les ressorts de la voiture ne résisteraient à une pareille surcharge. Alors, la mort dans l'âme, ma mère se sépara d'une grande quantité d'objets indispensables.

En fouillant encore un peu dans ce qui restait, mon père découvrit plusieurs bocaux de fruits au sirop.

— Quoi ? s'écria-t-il en en brandissant deux... Après ce qui est arrivé l'hiver dernier avec les petits pois, tu recommences ! Te rends-tu compte de ce qui se passerait si pendant le voyage, dans un virage, une seule de ces petites bombes venait à exploser ?

Ma mère ne s'en rendait compte que trop bien. Les journaux étaient pleins de ces terribles accidents où les conducteurs, surpris par un bruit insolite, perdaient le contrôle de leur véhicule et, avec leur famille, se précipitaient dans des ravins. Que serait-ce avec une explosion de mirabelles au sirop ?

La plupart de ces disputes, je ne les ai entendues que de loin, depuis la cuisine où, les soirs et les jeudis, j'étais enfermé seul pour d'interminables devoirs supplémentaires. Ce fut dans cette situation que je reçus un jour la visite de M. Sarfatini, premier adjoint au conseil municipal.

C'était un petit homme brun, avec des cheveux frisés et une longue moustache noire. Il portait un ruban noué en guise de cravate et un pardessus trop large. Il était toujours préoccupé par les plus grands projets. Dans la rue, il ne marchait pas, il trottait. Dès qu'il parlait, il était enthousiasmé par son sujet et faisait de grands gestes.

Je crus bien faire en le conduisant à mes parents. Ceux-ci, en le voyant débarquer au milieu de leur capharnaüm, ne purent réprimer un mouvement de stupeur. Ma mère s'excusa, mon père bafouilla le début d'une explication compliquée. M. Sarfatini n'avait que faire de ces politesses. Son angoisse à lui était bien plus grande que le trouble de mes parents.

— Ah ! mon cher ami, dit-il à mon père d'un air accablé, rien ne va plus ! Il faut absolument que vous nous sauviez la vie, au conseil municipal et à moi-même.

— C'est donc grave ?

— Très grave ! Et cela ne date pas d'aujourd'hui. Vous savez que, depuis le départ de nos chers régiments de cavalerie, Lunéville est une ville morte ?

— Ah !

— Que vaudrait la vie sans ce je ne sais quoi d'idéal et de poésie qui donne son sel à l'existence, je vous le demande ?

— Rien, répondit mon père d'un air poli.

Tout en parlant, le premier adjoint gesticulait, marchait, s'appuyait aux murs et, au bout de quelques minutes, il avait déjà une toile d'araignée sur l'épaule.

— Il fallait donner le coup de barre, dit-il. Nous avons un théâtre, construit par le roi Stanislas. Avant, on y donnait des revues, des petits spectacles de Paris pour nos militaires ; ils le méritaient bien, les braves ! Pourquoi n'y donnerait-on plus de représentations ? Car, après tout, nous sommes là, nous autres !

— C'est vrai, dit mon père.

— Alors j'ai dit à ces messieurs du conseil : « Pour la première séance, il faut frapper un grand coup ! » Tout le monde était d'accord. Alors je leur ai dit : « Montons *Carmen*. »

— *Carmen*... de Prosper Mérimée ? demanda mon père.

M. Sarfatini parut désarçonné par cette question :

— De Prosper Mérimée ! Mais pourquoi ?... Y en aurait-il donc plusieurs ?

— Ah ! oui. Il y a le roman de Prosper Mérimée et il y a l'opéra de Bizet qui en est tiré.

— C'est celle où il y a cet air ?

Et M. Sarfatini de chanter le grand air du toréador.

— Alors ça doit être celle de Bizet, dit mon père.

— Vous alors, vous me flanquez de ces peurs ! dit M. Sarfatini. Vous vous rendez compte, la troupe de Nancy serait venue jouer une pièce et notre orchestre aurait appris la musique d'une autre !

— Parce que c'est un orchestre de Lunéville qui jouera ?

— Bien entendu. Cela nous aurait occasionné trop de frais de faire venir de Nancy à la fois les acteurs et l'orchestre. On a demandé aux « Fromages blancs » d'apprendre la partition. Ça fera un orchestre aussi capable qu'un autre.

Les « Fromages blancs » était le nom donné à la fanfare municipale à cause de la forme et de la couleur des casquettes de ses musiciens. Son chef était M. Muracciole, officier de marine en retraite.

— Tout était prêt, dit M. Sarfatini, le conseil municipal avait voté les crédits pour acheter les partitions. Depuis quinze jours les musiciens travaillaient dessus. Aux dernières nouvelles, M. Muracciole avait obtenu des résultats très prometteurs. Il faut dire qu'il a dans son orchestre M. Mathieu et M. Malfille, qui sont de vrais as.

— M. Malfille, l'économe de l'hôpital ?

— Ah ! non. Son frère, celui qui est contremaître au service des Eaux.

— Ah !

— Donc tout allait très bien. Au théâtre, on avait commencé les travaux de peinture, recouvert les fauteuils de velours rouge. Un monsieur en cravate venu de Nancy par le train avait pris les mesures de la scène pour y construire un décor. Et ne voilà-t-il pas M. Muracciole qui vient me trouver hier soir et qui me dit : « Alors, qu'est-ce qui est prévu pour le chœur des mendiants du premier acte ? » Moi, je lui réponds : « Quoi ? Quels mendiants ? Quel premier acte ? » Vous pensez, depuis plus de dix ans que j'ai vu *Carmen*, comme si je pouvais me souvenir qu'il y avait des mendiants au premier acte... « Mais si ! dit-il... Des petits mendiants. Des enfants, quoi ! Ils viennent sur la scène et ils chantent : "Avec la garde montante, nous arrivons, nous voilà !" » Mais oui, nom de d' là, que je lui dis ! c'est vrai ! J'avais oublié ! "Avec la garde montante, nous arrivons, nous voilà !" Bien sûr ! Je ne connais que ça ! »

» Alors j'ai téléphoné à M. le directeur du Grand Théâtre de Nancy et je lui ai demandé : « Alors, cher monsieur, pour les mendiants, je pense que vous avez ce qu'il faut ? — Et quoi encore ? qu'il s'écrie... On vous fournit les acteurs, les décors, les costumes mais pas les figurants ! — Les figurants, qu'est-ce que c'est ? que je lui dis.

» Mais, pensez-donc ! Dans l'état de colère où il était ce monsieur, et je me demande bien pourquoi, il n'a même pas daigné m'expliquer. C'est M. Muracciole qui m'a tout dit. Alors qu'est-ce qu'on va devenir ? que je lui demande. On ne va tout de même pas renoncer à *Carmen* pour des mendiants !

La voix de M. Sarfatini devint grave, il regarda mon père droit dans les yeux et il lui dit :

— Il n'y a qu'un seul endroit où on peut les trouver, c'est ici, à l'école publique.

Mon père eut l'air embarrassé.

M. Sarfatini sortit de son manteau un livre à couverture de cuir rouge et le tendit à mon père, en lui disant d'une voix suppliante :

— C'est un appel au secours que, le conseil municipal et moi-même, nous vous adressons, monsieur le directeur. Prenez ce livre, c'est la partition. Apprenez-la à vos élèves. C'est très facile. Muracciole vous aidera avec son orchestre.

Mon père était perplexe. Ayant demandé récemment au conseil municipal de bien vouloir faire refaire les peintures de notre cuisine, il lui était difficile à présent de refuser de fournir les mendiants de *Carmen*.

— C'est à examiner, dit-il.

Il ne pouvait décider lui-même, car en matière de musique c'était ma mère qui assurait l'enseignement dans les deux classes. En contrepartie, mon père s'occupait de la gymnastique.

— Vous voulez un chœur à plusieurs voix ? demanda ma mère.

— Faites pour le mieux, chère madame. L'essentiel est que ça soit prêt pour le 14 juillet.

— Le 14 juillet ! s'écria mon père. Mais nous avons aussi le certificat d'études à préparer !

— Ne fignolez pas, dit M. Sarfatini... Le public comprendra que dans des délais si courts vous n'ayez pas eu le temps de faire du grand art.

— Tout de même, répondit ma mère d'un air pincé, si on s'y met, il faudra que ce soit bien.

— Chère madame, vous me sauvez la vie. Enfin je respire.

— On fera pour le mieux, dit mon père en prenant l'air d'un condamné.

M. Sarfatini lui secoua vigoureusement les deux mains en signe de reconnaissance et s'en alla en courant. Mes parents se retrouvaient seuls en face du livret de *Carmen*. Après un instant de mélancolie, mon père déclara :

— Y a qu'à se dire que c'est un exercice de musique comme un autre, présentable au certificat aussi bien que *la Marseillaise* ou *le Chant du départ.*

— Oui, sans doute ! répondit ma mère. Mais, le certificat, on connaît. Ça se passe chez nous et je peux y aller sans mettre une robe longue... Tandis que là, pour *Carmen,* va falloir m'en faire une.

— Celle du mariage de Paul... elle ne pourrait pas aller ?

— Pas du tout ! C'est une robe fantaisie, taffetas rose avec jabot de dentelle... Pour une noce, ça va. Mais, pour *Carmen,* c'est impensable !

— Pourquoi ?

— Mais enfin, tu le sais bien. *Carmen* est une histoire tragique, avec plusieurs décès dans la même soirée. Il me faut une robe sombre, avec à la rigueur le chapeau blanc qu'on avait acheté pour le baptême de la fille de Marguerite.

Mon père ne disait plus rien, abasourdi par l'évidence.

Les répétitions eurent lieu pendant le temps des récréations, pour ne pas porter préjudice à la préparation du certificat d'études. Les deux classes se réunirent dans celle de mon père.

Nous étions séparés en deux groupes, au premier rang les trente meilleurs élèves de l'école, qui auraient le privilège de paraître sur la scène le jour de la représentation et, derrière, les autres, qui ne chanteraient que de la coulisse. Cette décision avait suscité bien des jalousies. Plusieurs parents d'élèves étaient venus trouver mon père et, après avoir déposé un peu d'argent dans la caisse des pupilles de l'école publique, avaient demandé que leurs fils eussent aussi le droit de faire partie de la garde montante. Mais mon père avait été inflexible. Il avait même rendu leur offrande à certains. La partition de *Carmen* indiquait qu'il n'y avait que trente mendiants dans le chœur de *La garde montante*, à aucun prix mon père n'aurait voulu apporter des modifications à l'œuvre de Georges Bizet.

Pour les répétitions, ma mère installait sur le bureau le guide-chant, une sorte d'harmonium portatif qu'on actionnait par un levier latéral. D'habitude, c'était le Jean Royer qui se chargeait de ce travail. On l'avait choisi non seulement parce qu'il était le plus costaud de la classe mais surtout parce qu'il chantait si faux qu'il valait mieux lui donner autre chose à faire. Malheureusement, il était distrait et sentimental. Ma mère, dans l'enseignement de la musique, privilégiait les berceuses, mais Royer, quand il en entendait une, fondait. Immobile, la bouche ouverte et les yeux perdus dans le vague, il en oubliait d'actionner le guide-chant et la musique, faute de souffle, expirait lamentablement. Ma mère lui donnait un coup de règle sur les doigts. Il retombait sur terre et pompait à nouveau avec ardeur.

Sur le livret de *Carmen* une indication de mise en scène précisait que le chœur des enfants défilait. Pour donner cette impression, ma mère nous fit taper des pieds sur place, instruction intéressante qui avait le mérite de nous faire chanter en mesure. Mon père surveillait l'ensemble, n'hésitant pas à donner des coups de trique sur les mollets de ceux qui, au dernier rang, ne prenaient pas la peine de lever les pieds.

Finalement, les répétitions avancèrent plus vite que prévu et ma mère eut le temps de se faire faire sur mesure une robe en crêpe de Chine noir à pois blancs.

Le grand jour du certificat d'études primaires arriva enfin.

Dès 7 heures, les candidats affluèrent de la campagne environnante. Les fils de riches fermiers venaient en cabriolet, avec leur père. Les autres étaient montés sur d'ordinaires chars à bancs conduits par l'instituteur lui-même. Il y eut bientôt devant l'école un grand rassemblement d'enfants endimanchés, de paysans, de bœufs, de chevaux et de voitures. On reconnaissait les candidats au cartable de cuir bouilli qu'ils portaient sous le bras et sur lequel on pouvait lire l'inscription publicitaire d'une marque d'apéritif ou de machines agricoles. Le fils d'un gros propriétaire fit une arrivée remarquée, debout sur un tracteur à côté de son père. C'était le premier tracteur fonctionnant à l'essence sur le territoire du canton.

Les instituteurs membres du jury s'étaient rassemblés dans notre salle à manger et parlaient de leurs candidats comme de jeunes poulains au comice agricole.

— J'en ai un, dit l'instituteur d'Avricourt, un véritable phénomène. Il sait ses dates et ses départements mieux que moi. Il peut les réciter à l'endroit, à l'envers.

— Moi, dit l'instituteur de Frémonville, j'en ai un qui compose ses rédactions en alexandrins. Il m'a sorti l'autre jour un récit de la mort d'un cochon avec tout, la mise au sel des jambons, le boudin, le pâté, les rillettes. Une petite merveille !

Ma mère servait à ces messieurs du thé ou du café. Dans notre cuisine, au chaud sur un coin du fourneau, il y avait en réserve du chocolat pour M. l'inspecteur, ce pape des maîtres d'école qui allait arriver dans un instant pour présider l'ouverture des épreuves du certificat d'études. Outre ses connaissances qui étaient considérables (il savait la hauteur de l'Everest et le nombre d'habitants de l'Indonésie), c'était un homme élégant, avec habit noir, col cassé, un bouc et le ruban des palmes académiques. Personne n'avait jamais osé aller lui rendre visite chez lui dans la banlieue de Nancy, mais tout le monde savait que sa villa s'appelait « Sam Suffy » et était décorée de roses trémières pardevant.

M. l'inspecteur n'avait pas d'auto, lui ! Il était obligé de visiter les écoles de sa circonscription par le train, en mettant son vélo au fourgon à bagages. Mais quel vélo ! Une vraie bicyclette de notable, haute, noire, avec des pare-boue liserés d'or et une trompe de cuivre et caoutchouc en guise d'avertisseur. Le guidon, spécial, était suffisamment élevé pour que le conducteur, en restant droit, ne perdît rien de sa dignité.

Ce jour-là, M. l'inspecteur devait arriver par le train de 7 h 45. De la gare, grâce à sa bicyclette, cinq minutes suffiraient largement pour atteindre l'école. Malheureusement, à 7 h 46, un orage éclata, un petit orage matinal sans prétention mais qui pouvait, en cinq minutes, tremper un homme jusqu'à la chemise. Ce fut ce qui arriva à M. l'inspecteur. Ne voulant à aucun prix faillir à son devoir de présider l'ouverture des épreuves à 8 heures exactement, il pédala sous l'averse.

Mes parents, qui connaissaient bien leur chef, n'imaginèrent pas un instant que celui-ci pût se mettre à l'abri. Alors, faisant preuve d'une présence d'esprit remarquable, ma mère mit en œuvre tous les moyens qui permettraient, à l'arrivée du grand homme, de le sauver de la broncho-pneumonie. Elle bourra de charbon notre cuisinière et mit son fer à repasser à chauffer dessus.

A 7 h 52, seul à travers les trombes d'eau, M. l'inspecteur arrivait, dégoulinant de pluie. Mon père, préparé à la situation, l'amena discrètement jusqu'à notre cuisine, lui évitant ainsi, de la part de certains membres du corps enseignant, des regards qui eussent pu être narquois. Même moi, je fus expulsé sur le palier. Heureusement pour l'Histoire, je regardai par le trou de la serrure, ce qui me permet, cinquante ans plus tard, d'apporter sur ce qui se passa ensuite un témoignage irréfutable.

Le grand homme quitta son veston noir et, en manches de chemise, attendit que ma mère eût fini de passer dessus son fer chaud. Placé comme je l'étais, je n'avais pas le privilège d'observer le visage de M. l'inspecteur qui, c'était certain, restait empreint de la plus grande sérénité. En revanche, j'eus tout le loisir de remarquer que son plastron blanc, si impressionnant par-devant, ne tenait par-derrière que par des élastiques de couleur jaune.

Par une fenêtre du palier, je pouvais voir aussi ce qui se passait dans la classe. Toutes les têtes levées vers la pendule qui marquait 7 h 59.

La porte de notre cuisine s'ouvrit et, comme un coup de vent, M. l'inspecteur passa, restauré dans sa dignité.

Juste comme 8 heures sonnaient à l'église, il montait sur l'estrade, ajustait ses lorgnons, sortait de sa poche un papier, le dépliait et, d'une voix profonde et mesurée, en commençait la lecture.

— Deux trains partent à la même heure, en direction l'un de l'autre...

Je cessai de tendre l'oreille, toute mon attention étant accaparée par l'observation d'un phénomène extraordinaire. M. l'inspecteur fumait! Fumée sublime qui se dégageait de son veston et qui, dans la lumière éblouissante du soleil revenu, formait autour de sa tête une auréole de gloire.

— ... le premier train étant parti d'une gare A et le second d'une gare B... disait-il, et sachant que le premier roule à la vitesse de 50 kilomètres-heure...

A ce moment, M. l'inspecteur éternua deux fois, mais, respirant profondément, il reprit rapidement empire sur lui-même.

— ... et le second à la vitesse de 45 kilomètres-heure et que la distance à parcourir est de 500 kilomètres, à quelle heure se rencontreront-ils ? Ils sont partis à 9 h 55.

L'énoncé était terminé. Les candidats n'avaient plus qu'à trouver la solution du problème. Mais, contrairement à l'habitude, au lieu de se jeter sur leur copie pour y effectuer les calculs nécessaires, ils restaient là, le nez en l'air, comme fascinés par l'inspecteur lui-même.

— Eh bien, mes enfants, dit celui-ci, qu'attendez-vous pour vous mettre au travail ? Je vous rappelle que cette épreuve ne dure que cinquante-cinq...

Sa phrase fut coupée par un nouveau et plus puissant éternuement. Et aussitôt toute la classe d'éclater de rire. M. l'inspecteur se redressa, surpris et peiné. C'était la première fois, en vingt-cinq ans de carrière, que des moutards de douze ans osaient ne pas le prendre au sérieux. Il se moucha dans un immense carré de coton blanc et violet. Pendant ce temps, un nuage cacha le soleil. La vapeur disparut. Déçus, les candidats se mirent au travail. Alors, impérial, l'inspecteur circula à pas lents dans les rangs.

Le reste de ce récit n'est pas le résultat d'une observation personnelle. Surpris par ma mère, je fus renvoyé à la cuisine. Mais les faits rapportés ont fait l'objet de tant de comptes rendus dans la famille qu'il m'est tout de même possible de prétendre à une certaine vérité.

Donc, les candidats étaient penchés sur leurs copies. Mais, chose étrange, plusieurs se redressèrent et restèrent ainsi, le nez en l'air, avec sur le visage l'expression d'une douloureuse inquiétude. Curieusement, c'étaient tous des élèves de mon père. L'inspecteur ne le savait pas. Il dit à l'un d'eux :

— Alors, toi... tu n'as pas compris les données du problème ?

— On n'a jamais fait de problèmes en locomotive, m'sieur.

— La belle affaire ! Figure-toi que ce sont des aéroplanes ou bien des automobiles.

Renseignés par cette précieuse indication, les candidats se jetèrent sur leur problème avec ardeur et on n'entendit plus dans la classe que le crissement des plumes neuves sur le papier.

Les élèves de mon père, là-dessus tous les témoignages concordent, trouvèrent la solution du problème dix minutes avant les autres.

L'épreuve suivante était la composition française. L'inspecteur remonta sur l'estrade et ne prononça que ces quelques mots :

— Racontez le plus beau jeudi de cette dernière année.

A nouveau, la classe plongea dans le silence.

Au bout de quelques minutes, on entendit un bruit bizarre. C'était notre Royer qui rêvait. Le regard perdu au plafond, il imitait avec sa bouche le ronflement d'une automobile qui démarre, change de vitesse puis roule à toute allure.

— Voyons, monsieur, où vous croyez-vous donc ? dit l'inspecteur.

Très étonné de s'entendre appeler *monsieur*, Royer se tut et resta immobile, les yeux ronds, la bouche ouverte.

— Ce n'est pas moi qu'il faut regarder, dit l'inspecteur, fermez votre bouche et travaillez.

A ce moment, repris par les éternuements, l'inspecteur fut obligé de sortir. Il vint demander à ma mère de lui préparer un café chaud.

Les épreuves du matin se terminaient à midi. Dispersés dans la cour, les candidats ne déballaient pas encore leurs pique-niques. Il fallait d'abord dire aux maîtres angoissés à quelle heure les uns et les autres avaient fait se rencontrer ces trains et, malheureusement, beaucoup de résultats annoncés ne correspondaient pas à l'horaire idéal. Les maîtres se fâchaient et beaucoup refaisaient le problème en dessinant le trajet des locomotives sur le sable de notre cour.

A midi, mon père fit un saut à la maison pour prendre son chapeau :

— Je me sauve, dit-il, on m'attend pour le banquet. Je crois qu'ils ont tous trouvé le bon résultat pour le problème.

Mon père rejoignit les autres instituteurs au restaurant d'Alsace-Lorraine. Les candidats, eux, cassaient la croûte à l'ombre de nos marronniers. On sut que plusieurs qui n'avaient pas d'appétit étaient ceux-là même qui avaient eu la folle idée de faire se rencontrer leurs trains sur la même voie ferrée. Les malheureux, au lieu de donner simplement l'heure de la catastrophe, s'étaient crus obligés d'en faire le récit. Le mélange des genres arithmétique et composition française en l'occurrence, était considéré comme une faute en ce temps-là et faisait perdre cinq points.

Au banquet, on dut boire beaucoup, car, lorsque l'inspecteur et les instituteurs revinrent à l'école, ils avaient la mine rouge et parlaient avec une gaieté inhabituelle. J'entendis au passage M. Moujenc qui disait :

— Quand on enterrera Léon Blum, les tambours feront *blum, blum, blum !*

Et il rit bruyamment.

L'après-midi commençait par le dessin.

L'habitude était de donner à reproduire un objet décoratif. M. l'inspecteur demanda à ma mère de bien vouloir lui en prêter un. Elle lui confia la théière de notre service en porcelaine, la plus belle pièce du trésor familial. Mon père s'en servait souvent.

L'inspecteur la plaça en évidence sur le bureau. Les garçons avaient une heure pour la dessiner.

Au bout de dix minutes, quelle ne fut pas la surprise de l'inspecteur lorsqu'il découvrit un candidat qui dessinait non pas les petites fleurs qu'on voyait de son côté sur la théière mais une bergère et ses moutons qui se trouvaient derrière, c'est-à-dire du seul côté qui n'était pas visible. Son étonnement augmenta quand il s'aperçut que plusieurs autres candidats avaient le même don de vue de la face cachée des objets. Cette constatation le plongea dans un abîme de perplexité.

Il ne se doutait pas que cette théière avait déjà tellement servi aux élèves de mon père que ceux-ci étaient capables de la reproduire par cœur, et surtout le côté préféré de leur maître, la bergère et ses moutons. M. l'inspecteur eut beau se gratter longuement le crâne, il n'avait pas trouvé d'explication quand arriva l'heure de ramasser les copies.

Les épreuves suivantes, chant et récitation, eurent lieu dans l'euphorie et l'indulgence, conséquence de la chaleur de juillet et du trop généreux repas de midi. Les cas n'étaient pas rares d'examinateurs sombrant dans un agréable engourdissement. Ils étaient repérables à un dodelinement de la tête chaque fois que devant eux, sur un ton confidentiel pour ne pas gêner les voisins, un candidat se mettait à leur chanter *Ma Normandie* ou *les Allobroges,* voire *le Chant du départ.*

M. Dreiser, doyen de la circonscription, s'était même endormi lorsque notre Jean Royer tomba en panne en plein milieu de *la Chèvre de M. Seguin.* Pourtant le début avait été prometteur. Les yeux doux de la chèvre, sa barbiche de sous-officier, ses sabots noirs et luisants, docile, caressante, se laissant traire sans bouger, tout cela était passé d'une seule traite. Mais quand il avait fallu préciser que dans l'écuelle, même son pied, elle ne le mettait pas, un blocage total s'était effectué dans la cervelle de Royer. Danser d'un pied sur l'autre, regarder les mouches au plafond, se mettre un doigt dans le nez, rien n'aidait le garçon à retrouver le fil de sa récitation. Il regarda l'examinateur dans l'espoir vain d'un secours.

Le gros homme ronflait, la tête penchée sur l'épaule droite. Alors Royer laissa tomber la traite de la chèvre et passa à la suite, au moment dramatique où la nuit tomba et où la montagne devint... devint... A nouveau, le trou de mémoire ! Il hasarda plusieurs couleurs : jaune... vert... rouge... bleu... Mais chaque fois, quelque chose au fond de lui-même lui disait qu'il se trompait.

Cette situation eût pu durer longtemps si M. l'inspecteur n'était passé par là. Jaugeant d'un seul coup d'œil la situation, il se pencha vers M. Dreiser et hurla à ses oreilles : « Violette ! » et s'en alla.

L'examinateur se réveilla en sursaut.

— Hein, quoi, qu'est-ce qu'il y a ? dit-il.

Et Jean Royer lui répondit :

— Le loup se jeta sur la petite chèvre et la mangea Alphonse Daudet.

Bien que l'absence de virgule entre le texte et la signature de l'auteur fût une faute passible de deux points, M. Dreiser, ostensiblement, donna un dix à notre Jean Royer.

La salle ne sortit vraiment de sa torpeur que lorsque les candidats de mon père se présentèrent à l'épreuve de chant. Avec un entrain remarquable, frappant de leurs pieds le plancher en cadence, ils entonnèrent le chœur des petits mendiants de *Carmen.*

Au début, messieurs les examinateurs furent un peu choqués par l'audace. L'introduction d'un air d'opéra espagnol dans le répertoire scolaire était-elle bien opportune à une époque où, à cause de la radio, le respect dû aux chants du terroir national se perdait ? Quelqu'un ayant fait remarquer que l'auteur de *Carmen* était français, tous furent rassurés et les bonnes notes plurent.

La dernière épreuve était la gymnastique. En ce temps-là, on ne lui accordait aucune importance. Les autorités académiques estimaient que les enfants de la campagne se donnaient assez d'exercice en aidant leurs parents aux travaux des champs. Aussi n'était-ce que par pure forme qu'on invita les candidats à descendre dans la cour pour les faire sauter au-dessus d'une corde tendue entre deux chaises.

Quant à l'épreuve de course, il ne restait plus assez de temps pour la faire passer à chaque élève séparément. M. l'inspecteur fit aligner tous les candidats devant le grand mur de la cour et décida que ceux qui mettraient plus de trente secondes pour parvenir au mur d'en face auraient deux points en moins. Le trajet était si court que tout le monde arriva en même temps.

A 5 heures, la correction des copies terminée, il ne restait plus à examiner que le cas des candidats qui méritaient peut-être d'être rachetés.

Le jury, présidé par l'inspecteur, se réunit dans notre salle à manger. N'en faisaient partie que des instituteurs qui ne présentaient pas de candidats cette année-là. De notre cuisine, en tendant un peu l'oreille, il n'était pas difficile de suivre la délibération. Évidemment, très inquiet, mon père était venu pour écouter, près de ma mère. Ses craintes étaient justifiées par le caractère singulier de plusieurs éclats de voix qui parvinrent jusqu'à nous :

— Prenons garde, disait une grosse voix, l'obscurantisme clérical est en train de faire des ravages dans nos campagnes. Un candidat a écrit textuellement que la houille blanche était un miracle et qu'on en produisait beaucoup dans la région de Lourdes.

— Vous ne m'étonnez pas, répondit une petite voix. Moi, j'ai lu trois copies où les enfants racontaient que le jeudi après-midi ils allaient à Lourdes en automobile. Il y en a même un, au retour, qui est mort de soif en traversant le Massif Central.

— Et pourquoi n'iraient-ils pas à Lourdes ? dit une autre voix fluette. Le climat y est sain.

— Vous écrivez sain avec un *t* ? reprit la grosse voix.

Il y eut alors un rire général et l'on entendit un bruit de verre cassé.

— Le service ! dit ma mère en se levant, inquiète.

— Messieurs, un peu de calme, s'il vous plaît, dit l'inspecteur, et procédons par ordre. Il y a le cas de ce candidat qui a répondu un chiffre juste au problème mais qui l'a donné en automobiles et non en locomotives. A votre avis, mériterait-il quand même la bonne note ?

— Mais bien sûr ! répondirent toutes les voix en même temps.

— Je n'en suis pas si sûr, reprit aussitôt la voix fluette. De nos jours, on ne pense plus qu'au plaisir. Il y a d'abord eu le cinéma, puis la bicyclette, maintenant l'automobile.

— Oh ! dit mon père, scandalisé.

M. l'inspecteur ramena le calme en disant qu'il ne fallait pas confondre l'arithmétique et la morale et que, pour sa part, il préférait le lièvre à la tortue pour le transport de son courrier.

Cette année-là, tous les candidats de mon père furent reçus au certificat d'études primaires. La coutume, pour les instituteurs et l'inspecteur, était d'aller arroser ça à la brasserie d'Alsace-Lorraine. Mon père me permit d'aller avec lui rejoindre les autres.

En route, nous rencontrâmes un enterrement à la tête duquel marchait notre curé. Nous nous arrêtâmes sur le bord du trottoir, mon père enleva son chapeau et moi mon béret. Levant la tête de son livre de cantiques, M. le curé nous aperçut.

— Combien ? cria-t-il d'une voix dissimulée à mon père.

— Cinq, répondit mon père en désignant le curé.

Puis, se désignant lui-même, il ajouta :

— Huit.

Cela voulait dire qu'à l'école catholique cinq sur huit seulement des candidats étaient reçus tandis qu'à l'école laïque le succès était total, huit sur huit.

Le curé se replongea dans son livre de prières.

L'enterrement avait disparu au coin de la rue quand nous arrivâmes à la brasserie.

De tous les cafés de Lunéville, c'était le seul où les instituteurs aimaient à se retrouver. Sa façade en imitation de bois verni et l'allure noble de

M. Robert, le garçon, lui donnaient cet air sérieux qui plaît aux membres du corps enseignant.

Ces messieurs du jury étaient rassemblés sur la terrasse, derrière une rangée de tonneaux peints en bleu où poussaient des pois de senteur. Mon père et moi nous assîmes au bout de la table. La conversation était déjà animée. M. Herzog déplorait que beaucoup d'esprits forts qui se disaient laïques, sentant venir leur fin prochaine, faisaient chercher les prêtres.

— Et pour vous, qu'est-ce que je sers ? nous demanda le garçon.

Mon père commanda une bière pour lui et une grenadine à l'eau pour moi.

— Hein, quoi ! s'écria M. Herzog, de la grenadine parmi nous ! Tu fais boire ça à ton fils ?

Mon père, un peu gêné, essaya d'expliquer que c'était ma mère qui l'exigeait.

— Taratata... On est entre hommes. Garçon ! Un demi de plus !

Mon père n'insista pas.

Les instituteurs parlèrent de politique, de jardinage et d'école. Pendant ce temps, dans mon coin, je voyais à travers les pois de senteur le lent défilé des voitures à chevaux qui reconduisaient maîtres et élèves dans les villages. Les recalés, assis sur le prolongement arrière du timon, baissaient la tête, jambes ballantes, insensibles aux cahots.

Enveloppé de poussière, le cortège s'éloignait dans la lumière du soleil couchant tandis que derrière moi la voix profonde de l'inspecteur prophétisait la fin prochaine des analphabètes. Que le lecteur me pardonne mais il me fallut encore, après ce soir-là, sept années pour apprendre que les analphabètes n'étaient pas une variété de sauterelles.

Il ne restait plus que onze heures avant *Carmen.* Des répétitions intensives commencèrent le lendemain du certificat. Les résultats obtenus par ma mère étaient satisfaisants. Restait à savoir comment ça se passerait avec l'orchestre. Rendez-vous fut pris avec M. Muracciole et sa fanfare pour le samedi suivant, au début de l'après-midi. C'était le seul moment de liberté que ces messieurs avaient à nous consacrer.

Ils débarquèrent en désordre dans notre classe, certains en uniforme complet, d'autres avec seulement la casquette, quelques-uns en tenue de pêcheur à la ligne. Ils déballèrent leurs instruments en donnant à leurs gestes des airs d'importance.

Quand l'un d'eux avait remonté sa clarinette ou fixé l'embouchure d'une trompette, un trille furtif s'échappait et, le plus souvent, se terminait par une fausse note. De derrière la grosse caisse, M. Royer adressait des saluts timides à son fils, qui le regardait, béat d'admiration. De temps en temps, il frappait quelques petits coups sur son énorme instrument pour bien montrer qu'il savait s'en servir. M. Midon, employé de chemin de fer, cherchait une tige rigide permettant de retirer de sa clarinette le papier journal qu'il y mettait pour la sécher.

— Tiens, papa ! cria son fils en lui lançant sa règle.

Quand on ne peut pas maîtriser une débandade, on ferme les yeux. Et puis, comment punir les fils en présence des pères ? Mon père feignit de ne pas voir le joyeux désordre qui régnait dans sa classe. Il s'entretenait de musique avec le chef d'orchestre.

— Par les temps qui courent, disait celui-ci, la musique ne nourrit plus son homme. Pour vivre, il faut avoir un autre métier ou une retraite.

— Vous avez raison, on apprend la musique aux enfants, mais, si cet enseignement fait naître chez l'un d'eux une véritable vocation, on ne peut pas l'encourager. Il faut avant tout leur donner une situation, répondit mon père.

— A moins qu'ils ne rentrent dans l'armée. Là, au moins, on donne aux vrais artistes l'occasion de faire valoir leurs talents.

Malgré le très mauvais souvenir qu'il gardait de la guerre de 14 et de l'armée, mon père s'abstint de répliquer. Il ne voulait pas, par un désaccord sur un sujet secondaire, engager une zizanie entre l'orchestre et le chœur.

A ce moment, le vacarme devint tel dans la salle que M. Muracciole et mon père durent s'unir pour gronder à la fois pères et fils qui jouaient avec les instruments.

— Enfin, messieurs, à vos âges ! s'écria le chef de la fanfare.

— Retenue jeudi à tous ceux qui toucheront maintenant aux instruments ! déclara mon père.

Et, comme pour le défier, un grand coup sournois fut donné dans la grosse caisse.

— Bravo ! dit mon père... Que celui qui vient de faire ça lève le doigt.

Courageusement, en riant même, notre Jean Royer leva le doigt.

— Ici ! ordonna mon père en désignant le tableau.

Le garçon s'avança.

— Puisque vous êtes si malin, monsieur Royer, pour taper sur les grosses caisses, lui dit mon père, dites-nous donc de quoi est faite cette toile tendue qui vous sert à faire du bruit.

Le gamin riait, croyant à une blague... et les autres aussi.

— Silence ! dit mon père en frappant le dessus de son bureau avec une règle.

Et il ajouta, faisant les gros yeux même aux musiciens :

— Attention. On ne souffle pas.

Tous, grands et petits, se retrouvaient au même niveau scolaire, la totale ignorance.

— Et vous croyez que vous le méritez, ce certificat d'études primaires qu'on vous a donné hier ? dit mon père.

M. Royer s'avança à son tour. Prenant par la main son fils pour l'emmener avec lui, il dit :

— Eh bien, si on le mérite pas, gardez-le !

Et il partit, entraînant à la fois le gamin et la grosse caisse.

— Mais, monsieur Royer, c'était pour rire, s'écria mon père en essayant de le retenir.

— Enfin, Gustave, tu ne vas pas faire ta mauvaise tête ? ajouta M. Muracciole.

Il n'y eut rien à faire. Devant chanteurs et musiciens médusés, les Royer disparurent. Ils ne remirent jamais plus les pieds dans une école publique.

— Ça tombe bien, dit M. Muracciole. Je n'avais pas besoin de la grosse caisse pour *Carmen*. Mais je n'osais pas le dire à ce type qui a si mauvais caractère. Eh bien, voilà, c'est fait ! Au travail, mes enfants !

Les musiciens s'alignèrent à gauche et les enfants à droite. M. Muracciole prit place sur l'estrade et ma mère vint installer près de lui son guide-chant.

— Vous savez, dit M. Muracciole très poliment, je crois que l'emploi de votre instrument sera superflu.

— Mais c'est pour le *la*, dit ma mère.

— Si ce n'est que ça, nous vous le donnerons. Monsieur Leroy, le *la*, s'il vous plaît !

Un son sourd et profond, semblable à la sirène d'un bateau, sortit de la masse compacte des musiciens. Ma mère prit un air atterré :

— Vous n'en avez pas d'autre ?

— Pourquoi ? Le basson ne va pas ?

Le désespoir de ma mère toucha le chef de la fanfare.

— Attendez ! dit celui-ci. On va vous en trouver un autre... Monsieur Corval... Un *la* léger, s'il vous plaît.

Une longue plainte cuivrée sortit de la trompette de M. Corval.

— Celui-ci vous convient-il ? dit le chef.

— Ça ira, répondit ma mère d'une voix résignée.

Alors, faisant preuve d'une galanterie qui n'est pas rare chez les anciens officiers de marine, M. Muracciole tendit sa baguette à ma mère, lui offrant ainsi de diriger à la fois la fanfare et les chœurs. Devant la peur de ma mère, il ajouta, faisant une révérence :

— Ces messieurs seront trop heureux d'être conduits par une dame.

Le trac de ma mère était si fort qu'elle ne trouvait plus de mots pour justifier son refus. Mon père vint à son secours. Il dit à M. Muracciole que seul un homme de son expérience pouvait maintenir sous sa baguette autant de musiciens et de chanteurs réunis. M. Muracciole déclara que, puisqu'il en était ainsi, il ne pouvait pas refuser. Il remonta sur l'estrade, étendit les bras comme s'il allait s'envoler et, dans le silence général, promena lentement son regard sur la classe avec dans les yeux cette expression de domination que les anciens militaires sont seuls à savoir composer. Du bout des doigts, il remua doucement sa baguette en comptant à voix basse : « Une... deux... trois... » A quatre, un vacarme épouvantable ébranla la classe. Les vitres tremblaient, les lampes bougeaient et de la poussière se détachait du plafond.

Nous, les chanteurs, nous ouvrions la bouche mais aucun son n'en sortait, la fanfare dominait tout. Mes parents grimaçaient de douleur et M. Muracciole lui-même semblait regretter la tempête qu'il avait déchaînée. Il leva les bras en signe de trêve mais ses musiciens, trop occupés par la lecture de leur délicate partition, continuaient de jouer. Il dut se fâcher et taper avec sa baguette sur les doigts de plusieurs pour arrêter le cataclysme.

— Nous sommes un peu trop forts, dit-il.

— On pourrait ouvrir les fenêtres, répliqua mon père.

— Et pourquoi n'irait-on pas dans la cour ? dit M. Muracciole. Une musique, ça n'est pas fait pour jouer dans une classe.

Mon père regarda ma mère. Au point où en étaient les choses, on pouvait bien décider tout ce qu'on voudrait, ce ne pourrait être pire que ce qu'elle venait d'entendre. Elle acquiesça.

Pensant avec regret au joli arrangement à trois voix qu'elle avait fait de la partition de *Carmen* et dont il ne restait rien, elle descendit mélancoliquement l'escalier, derrière les musiciens et les élèves qui se rendaient dans la cour.

M. Muracciole était d'avis de mettre l'orchestre au centre de la cour et de faire tourner les enfants autour, au pas.

— Après tout, dit-il, ce chœur est une marche !

Mes parents ne refusèrent pas. Dans certaines circonstances de forte tension nerveuse, un peu de gymnastique aide à retrouver la sérénité.

Et ce fut ainsi que se déroulèrent nos répétitions de *Carmen*. Au début, il y avait un semblant d'entrée en scène ; nous nous rassemblions dans un coin du préau, l'orchestre attaquait seul, jouait quelques mesures de toute la force de ses quarante-deux instruments, et, sur un signe de ma mère, nous nous avancions au pas et en rang. Arrivés à un caillou blanc posé par terre exprès par mon père, nous marquions le pas un instant, le temps pour l'orchestre de se retenir un peu et pour son chef de nous donner le signal du chant. Alors, avec cet esprit de conquête qui anime les champions au début d'un marathon, nous partions en chantant et faisions à n'en plus finir le tour des « Fromages blancs[1] ». M. Muracciole se démenait comme un diable pour essayer, à force de gesticulations et de mimiques expressives, de convaincre ses musiciens de jouer le moins fort possible. Quelquefois il réussissait. On pouvait alors apprécier la vigueur de notre interprétation.

Après cette première répétition qui laissa tout le monde épuisé, M. Muracciole rassura mes parents.

— Ça n'était qu'un début, dit-il. Au théâtre, nous envelopperons les cuivres dans des chiffons. C'est une méthode intéressante que j'ai apprise dans l'artillerie. Vous verrez, ça atténue considérablement le son.

Ma mère, très déprimée, n'ajouta rien dans l'instant. Mais après notre repas du soir qui se déroula dans le silence elle dit :

— On aurait mieux fait de repeindre notre cuisine nous-mêmes.

---

1. Nom donné, comme chacun sait, à une fanfare lunévilloise.

— Pourquoi ? demanda mon père d'une voix blanche.

— Je crains que des parents d'élèves ne nous reprochent d'avoir utilisé leurs enfants pour une *Carmen*... si militaire.

— Mais non, tu exagères.

— Oh ! tu sais, un orchestre sans violons...

Pendant ce temps, au théâtre, les ouvriers ne chômaient pas. Plusieurs équipes de peintres, de tapissiers et de menuisiers travaillaient sans relâche. Bien que les crédits alloués par le conseil municipal fussent exceptionnels, il n'y avait pas eu assez d'argent pour restaurer le grand rideau de velours rouge de scène. Alors, dans un élan de patriotisme municipal exemplaire, les épouses des conseillers s'étaient proposées pour effectuer elles-mêmes les raccommodages nécessaires. Très ému, M. le maire avait accepté.

Installées en demi-cercle sur la scène, éclairées par des projecteurs verts, jaunes et rouges allumés spécialement, elles cousaient chacune une partie de l'immense pièce rouge étalée à leurs pieds. L'occasion était favorable aux bavardages distingués. Impressionnées par le décor espagnol que des ouvriers montaient derrière elles, elles interrogeaient la seule d'entre elles qui connût déjà la pièce, Mme Acrement, épouse du receveur de l'Enregistrement.

— Avouez que cette Carmen était une dévergondée...

— Ne la jugez pas trop vite, madame Blondel. L'amour est une passion qui frappe parfois celles qui s'y attendent le moins.

— Quelle misère ! Une supposition que cette Carmen ait eu des enfants, que seraient-ils devenus ?

— L'Assistance publique les aurait placés dans des familles honorables qui leur auraient peut-être permis de faire des études. Regardez l'évêque de Nancy, c'est un enfant trouvé.

— Vraiment ?

— Je vous en donne ma parole.

— Mon Dieu, quelle histoire !

— On ne le dirait pas à le voir comme ça si doux et si poli.

— Pourquoi vous dites ça, madame Dupont ?

— D'habitude, les enfants de l'Assistance sont des vicieux et des paresseux, tout juste bons à faire des commis agricoles.

— C'est vrai ! Ce Million qui a étranglé cinq personnes, c'en était un !

— Oh ! pas du tout, madame Mansout, son père était notaire.

— Notaire ?

— Absolument ! Et qui lui avait fait faire ses études chez les jésuites !

— Hélas ! A qui se fier à présent ?

— Ce don José n'a eu que ce qu'il méritait en allant avec cette bohémienne.

— Ces gens-là ne sont que des voleurs de poules.

— Le gouvernement est trop bon avec les assassins. Il faudrait leur couper la tête avant qu'ils ne commettent leurs crimes. Après, c'est trop tard !

Les ouvriers qui construisaient le décor firent alors un tel bruit que ces dames durent renoncer à une conversation suivie sur des sujets élevés. Elles ne parlèrent plus que de la manière dont elles s'habilleraient pour *Carmen*. Mme Mansout animait un clan favorable aux toilettes colorées tandis que Mme Blondel et ses amies, plus âgées, préféraient le noir qui va avec tout.

Le théâtre faillit ne pas être prêt à la date fixée à cause d'un ennemi imprévu qui rongeait la nuit ce que les décorateurs installaient le jour : les souris. Peu intéressées par les tapettes à ressort, indifférentes au blé empoisonné, il fallut, pour les détruire, faire appel aux chats de Lunéville. Sergents de ville et pompiers en rassemblèrent trente-deux qu'ils lâchèrent un soir dans le théâtre. Les souris furent exterminées. Mais les chats ne purent (sauf deux) être retrouvés avant le jour de la représentation de *Carmen*.

Au soir du 12 juillet, mon père et ma mère nous donnèrent leurs ultimes recommandations.

— Vous avez congé demain, dit mon père. Profitez-en pour répéter le texte de « Garde montante, nous voici, nous voilà ! ». S'ils ont le temps, demandez à vos parents de vous le faire réciter.

— Et sans crier. Cela vous abîmerait la voix, ajouta ma mère.

— Pas de bonbons ni de gâteaux à la crème le soir. La chaleur de la scène et la lumière des projecteurs aidant, vous risqueriez de vous évanouir pendant le spectacle.

— Examen des ongles et des oreilles avant d'entrer en scène. Ceux qui les auront sales resteront en coulisses.

— Et dites bien à vos mères de vous mettre vos costumes du dimanche.

Il fut décidé que ma mère dirigerait la chorale sur la scène même, comme cela se faisait à toutes les distributions de prix. M. Muracciole avait déjà assez de travail avec l'orchestre pour pouvoir s'occuper encore des chœurs. Ma mère passa donc la plus grande partie de la journée à mettre au point et à repasser la robe en crêpe de Chine noir à pois blancs qu'elle s'était fait faire pour la circonstance.

Elle donna aussi un coup de fer à ce qu'elle appelait mon « costume », un uniforme de marin dont les jambes trop courtes m'humiliaient mais que l'on continuait à me mettre parce qu'il me rajeunissait et que cela permettait à mes parents de ne payer pour moi que demi-tarif dans les tramways de Nancy.

Mon père était si énervé qu'il ne pouvait s'employer à aucun travail continu. Il oublia même d'aller à quatre heures chercher à la gare mon oncle Henri qui avait pourtant annoncé par lettre qu'il arriverait ce jour-là. Il ne venait pas spécialement pour *Carmen*, mais pour la préparation de notre voyage à Lourdes qui devait commencer trois jours plus tard et pour lequel il avait accepté de nous servir de guide.

A quatre heures et demie, il y eut un grand bruit dans l'escalier. C'était lui qui arrivait, chargé comme un baudet.

— Bravo ! dit-il en entrant, je débarque du train avec tout mon barda et qui est-ce que je trouve sur le quai pour m'aider ? Personne.

Mon père s'excusa en expliquant la situation, la représentation du 14 juillet, le chœur des petits mendiants que mes parents avaient dû monter tout seuls.

— Nous avons une vraie vie de bohème, dit ma mère.

— Quoi ? Vous allez jouer dans *Carmen !* s'écria mon oncle en m'adressant un clin d'œil complice.

— Oh ! jouer n'est pas le mot, dit ma mère.

— Eh bien, si notre pauvre père te voyait, dit Henri, faussement scandalisé.

— Oh ! Henri, je t'en prie, ne dis pas ça ! On a été obligés, s'écria ma mère, avec déjà des larmes aux yeux.

— Obligés ?

— Oui... à cause de notre cuisine, les peintures. On t'expliquera, dit mon père.

— Allez, allez. Avoue que Carmen c'est toi, s'écria mon oncle redevenu jovial.

— Oh ! Henri, dit-elle scandalisée, en faisant signe que j'assistais à la conversation.

— J'espère au moins que vous m'avez réservé une place de loge ?

Ma mère mit une main devant sa bouche, de l'air de quelqu'un qui s'aperçoit subitement d'un oubli important.

Pour sauver la face, mon père affirma qu'il avait fait le nécessaire, mais il suffisait d'observer son air coupable pour comprendre que ce n'était pas vrai. Prétextant une course urgente, il prit son chapeau et partit régler l'affaire sur-le-champ.

Quand il revint, à l'heure du dîner, il avait la mine réjouie et dit avant de manger la soupe :

— Mon cher Henri, le premier adjoint t'a réservé une place dans la loge officielle, à la gauche de M. le maire.

— Très bien ! répondit mon oncle, comme si l'honneur qu'on lui faisait était la moindre des choses.

Et il ajouta :

— Ça m'intéresse beaucoup de voir cette *Carmen.* On en disait beaucoup de bien quand j'étais chez Félix Potin à Bordeaux.

Ce soir-là, mes parents me mirent au lit à sept heures.

— Tu as besoin de prendre des forces pour demain, dit ma mère.

Mais le soleil était encore haut dans le ciel. Par la fenêtre ouverte, j'entendais les autres enfants qui jouaient dans la rue. Sur le seuil de la maison d'en face, un paysan assis par terre frappait sans fin le tranchant d'une faux pour l'aiguiser. Un peu plus loin, devant leur villa aux volets fraîchement repeints, un couple de rentiers était assis sur deux chaises de salle à manger au milieu d'une allée de leur jardin et assistait au coucher du soleil. J'apercevais leurs silhouettes immobiles entre une rangée de haricots grimpants et un massif de dahlias. Dès que le soleil eut disparu sous la ligne d'horizon, ils se levèrent en même temps et rentrèrent en traînant leurs chaises derrière eux.

Les bruits diminuèrent. Un chien se mit à aboyer dans une ferme éloignée. Plus loin encore, une cloche tinta. L'air avait la douceur tranquille des belles soirées d'été. Des odeurs de tilleul et de foin sec arrivaient de la campagne. Les hirondelles tournaient autour de l'église, en lançant leur long cri, tandis que plus haut, perdu dans le ciel immense, un oiseau solitaire planait doucement, encore éclairé par les rayons du soleil.

Alors, aux quatre coins de l'horizon, un singulier concert s'organisa. Au début, ce ne furent que quelques sonneries de clairon échappées d'une ferme lointaine. Puis on entendit un solo de clarinette d'une maison près de la rivière. Presque aussitôt, un cor de chasse nostalgique se manifesta du côté de la gare. Ensuite une série de roulements de tambour partirent de la mairie. Les musiciens de M. Muracciole répétaient, chacun dans son coin, la partition de *Carmen.*

Par moments, on reconnaissait des airs célèbres. Cela durait peu. Des fausses notes interrompaient vite les mélodies. Seule une petite flûte réussissait ses trilles et ses arpèges. On ne l'entendit que pendant les silences des autres instruments, car sa délicate musique arrivait de très loin, de la lisière de la forêt.

La nuit tombait. Les hirondelles se turent. Dans le pré autour de la fabrique de chapeaux, deux ombres de femmes glissaient avec une corbeille pour les canotiers secs.

Les contours des maisons voisines s'évanouirent, il y eut dans l'air des bruissements d'ailes inconnues. Dix heures sonnèrent au clocher d'un village voisin, puis deux ou trois autres horloges plus lointaines donnèrent la même heure, mais avec des timbres différents. Notre église fut la dernière et aussi la plus grave, la plus lente. Ensuite, le silence parut plus profond. On n'entendit plus que la petite flûte du bûcheron dont les sonorités grêles arrivaient, portées par le vent qui se levait.

Nous fûmes réveillés le lendemain matin par une joyeuse musique sous les fenêtres de l'école. L'air, tout le monde le connaissait à Lunéville, c'était une sonnerie de cavalerie. En revanche, les paroles qui allaient avec, du moins celles que nous connaissions, n'avaient rien de militaire. Puisqu'il a été convenu que toutes choses dans ce récit seraient rapportées avec précision, en voici le refrain :

Si tu ne veux pas que ta femme t'embête,
Te marie pas, te marie pas !
Si tu ne veux pas que ta femme t'embête,
Te marie pas, elle t'embêtera pas !

Je bondis à la fenêtre et, par les volets entrouverts, je vis quatre messieurs de l'orchestre Muracciole, deux trompettes, un trombone et un tambour, jouant en uniforme de la fanfare des « Fromages blancs ».

Cette coutume s'appelait aubade. Chaque année au 14 juillet, la fanfare municipale se divisait ainsi en petites formations de trois ou quatre musiciens qui allaient, sur le coup de sept heures du matin, réveiller en musique les notabilités de la ville et, quelquefois aussi, une demoiselle auprès de qui l'un de ces messieurs voulait se distinguer.

J'entendis un remue-ménage dans la chambre de mes parents, un bruit de chaise renversée puis quelques jurons de mon père qui, dans sa hâte, ne devait pas réussir à fixer ses bretelles par-derrière.

Enfin il parvint à la fenêtre, ouvrit les volets et salua les musiciens de ce geste ample qu'ont les hommes d'État aux balcons des hôtels de ville. Les volets de la fenêtre voisine s'ouvrirent aussi et mon oncle parut, en manches de chemise, fixant sa cravate à son faux col amidonné. Les musiciens saluèrent bien bas, secouèrent leurs instruments pour en faire sortir la salive et, apothéose de ce concert, interprétèrent *Le rêve passe.*

A toutes les maisons du quartier, des fenêtres s'ouvraient et des silhouettes apparaissaient. Les hommes, encore en chemise de nuit, avaient le visage couvert de savon à barbe. Les femmes se cachaient pudiquement derrière leurs rideaux et ne laissaient voir que des têtes couvertes de bigoudis, tandis que des visages d'enfants se montraient en dessous. Finalement, tout le quartier applaudit quand les musiciens eurent terminé. Ils remercièrent en saluant de tous les côtés à la fois.

— Vous monterez bien prendre un petit verre, leur dit mon père.

Ils n'eurent pas besoin de se consulter longtemps pour accepter. Ils montèrent à la cuisine où ma mère leur avait préparé quatre petits verres d'eau-de-vie de mirabelle. Devenus timides, ils s'assirent autour de la table, tenant sur un genou leur instrument de musique et sur l'autre leur casquette galonnée d'or, laissant apparaître la peau blanche de leur crâne.

— Vous ne voulez pas que je vous débarrasse ? dit ma mère.

Ils refusèrent tous ensemble comme si, privés de

leurs attributs, ils n'eussent plus mérité de siéger chez un maître d'école.

— Vous n'êtes pas essoufflés de jouer de si grand matin ? leur demanda mon père.

Ils firent signe que non et affirmèrent qu'au contraire ils se sentaient en forme. La conversation manquait de rebondissements, résultat d'une intimidation mutuelle.

Par chance, mon oncle Henri était là. Ancien commerçant connaisseur du midi de la France, c'était un spécialiste des relations humaines.

Il demanda à chacun dans quel régiment il avait servi pendant la guerre de 14.

S'apercevant que le trombone avait été comme lui au 121ᵉ d'artillerie, il lui demanda s'il se souvenait comment, en juin 1916, cette brillante unité avait pulvérisé un moulin à vent dans lequel se cachait un état-major allemand. Le trombone n'était même pas au courant. Mon oncle commença à raconter l'exploit. Mais en plein milieu du récit, entendant sonner l'horloge de l'église, les quatre musiciens se levèrent ensemble et, s'excusant parce que, disaient-ils, ils avaient encore une autre personne à faire, ils s'en allèrent.

A peine tourné le coin de la rue, ils se remirent à jouer. Par une fenêtre qui donnait derrière, je les aperçus qui s'éloignaient à travers la prairie aux chapeaux. Pour rejoindre plus vite la maison de M. Toubens, second adjoint, ils avaient cru bon de prendre ce raccourci. De loin, je voyais que l'abus trop matinal des petits verres de mirabelle rendait leur démarche incertaine. Le plus atteint était le tambour qui avait du mal à trouver son chemin parmi les piquets. Il tomba et perdit sa casquette de « Fromage blanc ». Malheureusement, en se relevant, trompé par la ressemblance entre cette casquette blanche et les canotiers qui séchaient là, au lieu de récupérer son couvre-chef, il se mit à la place sur la tête un des chapeaux du père Toubens. Celui-ci avait suivi la scène du pas de sa porte. Il se précipita sur le voleur, lui arracha de la tête le canotier et l'envoya rejoindre ses camarades après lui avoir donné un coup de pied dans les fesses.

Je ne pus, hélas ! connaître la suite de la scène. M'ayant surpris, mon père m'intima l'ordre de vaquer à des occupations plus sérieuses.

— N'oublie pas que cet après-midi, pour la première fois de ta vie, tu vas paraître sur une scène de théâtre, me dit-il... Il faut te débarbouiller de la tête aux pieds.

Le temps était splendide. On en profita pour sortir la baignoire au jardin. Comme cela se faisait dans les grandes occasions. Mon oncle d'abord, puis mon père, moi ensuite, nous nous y lavâmes au savon de Marseille. Longue, très longue opération qui nécessitait, entre chaque bain, un renouvellement intégral de l'eau avec des seaux et un réchauffement du tout par le feu de bois qu'on entretenait sous la baignoire.

Mon père eut-il la main trop lourde lorsque, avant son tour, il alimenta le feu ? Sans doute utilisa-t-il du bois qui n'était pas sec. Toujours est-il qu'il provoqua une abondante fumée noire qui alerta les pompiers justement en exercice sur la place de la mairie. Pour ceux-ci, le déplacement ne tirait pas à conséquence. Mais pour mon père, assis dans la baignoire, insuffisamment dissimulé par les haricots ramants[1], la perte de dignité fut certaine lorsque les pompiers s'arrêtèrent derrière le mur de notre jardin et, perchés sur leur véhicule rouge,

1. Haricots verts poussant sur de longues perches de bois.

découvrirent un maître d'école semblable à un missionnaire que des anthropophages feraient cuire.

— Vous n'avez besoin de rien, monsieur le directeur ? demanda le capitaine des pompiers pour justifier son indiscrétion.

— Non, non, merci beaucoup, répondit mon père en se savonnant sous les bras.

— Excusez-nous.

— De rien.

Et ils s'en allèrent en actionnant vigoureusement leur trompe, histoire de détourner l'attention des populations avoisinantes.

Évidemment, avec cette remise au propre des hommes de la famille, nous n'eûmes pas le temps d'assister aux cérémonies traditionnelles du 14 juillet. Cette année-là, elles furent brèves, la municipalité tenant à réserver pour *Carmen* les forces de la fanfare déjà bien entamées par les joyeuses libations de l'aubade matinale. Seule une cérémonie était prévue au monument aux morts, avec minute de silence et hymne national. Ce dernier éclata au loin juste comme mon tour de prendre place à bord de la baignoire venait d'arriver. Si je relate maintenant quelle fut alors ma réaction, ça n'est pas dans un désir futile de faire rire le lecteur mais pour montrer l'excellence de l'enseignement primaire, qui était basé en ce temps-là sur le réflexe conditionné. Entendant *la Marseillaise*, quoique tout nu au milieu d'un jardin, je me mis debout dans la baignoire.

— Rassieds-toi donc, tu vas attraper une bronchite, cria ma mère depuis la fenêtre de la cuisine.

Mon oncle Henri, faisant preuve d'un calme admirable, se promenait dans la cour en manches de chemise, les pouces passés sous les bretelles et fumant voluptueusement un petit cigare.

Le trac de mes parents était si grand que le repas de midi fut expédié en vingt minutes. Pour donner à cette précipitation une explication logique, ils dirent à mon oncle Henri que les grands acteurs évitaient de se charger l'estomac avant le spectacle. Mon oncle en profita pour avaler à lui tout seul les trois quarts du lapin aux aromates cuisiné par ma mère.

Les mendiants du chœur de *Carmen* arrivèrent dans la cour vers treize heures trente. Ils étaient habillés comme pour aller à la messe. Le costume marin dominait, avec chaussettes blanches et souliers vernis, mais il y avait aussi quelques complets-veston dont les pantalons descendaient en dessous des genoux. Beaucoup avaient gominé leurs cheveux. Il flottait dans l'air une odeur d'eau de Cologne et de brillantines diverses.

Quand mes parents firent leur entrée dans la cour, il y eut un silence. Tous les regards se fixèrent sur eux. Jamais, ni à Lunéville ni dans aucune localité du département, les élèves d'une école primaire n'avaient vu leur maître avec une jaquette noire, un pantalon à rayures, les cheveux plaqués par la gomina et tant de traits rouges laissés sur le visage par un rasoir trop nerveux. Le succès de ma mère ne fut pas moindre avec sa robe longue presque collante, son jabot de dentelle et, à cause d'un excès de poudre de riz, la figure blanchâtre comme celle de ce Pierrot qui servait d'emblème au chocolat vermifuge de la marque La Lune. Il n'y avait que moi, avec ma culotte trop courte de costume marin, qui n'étais pas fier de mon accoutrement.

Mon père compta les présents, il ne manquait personne. Alors ma mère, une dernière fois avant le spectacle, nous fit chanter le grand air des petits mendiants. Cette répétition fut mauvaise, comme si toutes celles qui l'avaient précédée n'avaient servi à rien.

— Mon Dieu, quelle catastrophe ! Que va-t-il arriver ? murmura ma mère.

— Tout ira bien, dit mon père.

Mais, moi qui le connaissais bien, je voyais au léger tremblement de ses lèvres qu'il ne croyait pas un mot de ce qu'il disait.

— En avant ! dit-il en brandissant son parapluie.

Quelques parents qui attendaient sur le trottoir d'en face applaudirent quand ils nous virent sortir de l'école. Des mères accoururent pour mettre une dernière main à la tenue de leurs fils.

La place devant le théâtre était déjà pleine de monde et les rues voisines encombrées par les chevaux et les voitures des spectateurs venus de la campagne. Un observateur perspicace n'eût pas manqué de remarquer que tous ces gens étaient des parents proches ou lointains des élèves de l'école, ce qui explique la seconde ovation que nous reçûmes lorsque nous défilâmes au milieu d'eux.

Quoique familières, quelques-unes des interpellations qui nous étaient adressées méritent d'être rapportées :

— Hé ! François, ne lâche pas tes canards !... Pierrot ! Lève la tête, t'auras l'air d'un chanteur !

Et même :

— Alors les Tino, on va jouer les Rossi !

Cette plaisanterie lancée par un soldat de 2e classe n'est compréhensible aujourd'hui que des Français se souvenant du chanteur corse Tino Rossi surnommé « Gorge de velours » par *l'Est républicain.*

Mon père, très au-dessus de ces cris populaires, le parapluie pointé en avant, nous frayait un passage vers l'entrée des artistes.

Dans le théâtre, en revanche, nous fûmes reçus comme des chiens dans un jeu de quilles. L'expression est de mon père. Jusqu'à la fin de sa vie, il l'emploiera pour qualifier la manière discourtoise dont nous fûmes accueillis par le personnel qui préparait le spectacle.

— Qu'est-ce que vous foutez là ? Débarrassez-nous le plancher ! Qu'est-ce que c'est que ces zigotos ?... furent quelques-unes des expressions employées à notre encontre par des individus de passage.

Ne reconnaissant personne, ne trouvant pas de responsable à qui se plaindre, mon père nous serra un moment dans un coin obscur où de vieux décors défraîchis s'entassaient dans la poussière et les toiles d'araignée. Pour ma part, je ne regrettais pas d'être là. Je voyais des gens bizarres dans des costumes brillants. Leurs visages étaient peints en ocre et leurs yeux, leurs bouches, leurs rides même étaient soulignés à gros traits noirs.

Plus loin, M. Sarfatini avait une explication orageuse avec un type arrogant qui prétendait que les loges sentaient le chat. Le premier adjoint lui répondit qu'il valait mieux sentir le chat... que le rat ! Furieux, le type, dont on n'allait pas tarder à savoir qu'il s'appelait régisseur, fit demi-tour et tomba sur nous.

— Qu'est-ce que c'est que ça ? dit-il comme si nous étions des bêtes curieuses.

— Nous sommes le chœur des petits mendiants du premier acte, répondit mon père en enlevant respectueusement son chapeau melon.

— Vous vous foutez de moi ! hurla le régisseur... On vous a demandé les bas-fonds de Lunéville et vous m'amenez des enfants de chœur !

Mon père prit l'air offusqué qui convient à un instituteur laïque à qui on ose dire une chose pareille.

— Je suis directeur d'école, monsieur ! Et voici mon épouse du cours préparatoire ! Je vous prie de modérer vos propos, dit mon père.

Le régisseur eut l'air accablé du vieux saltimbanque qui se rappelle que dans ce métier-là, jusqu'à la fin de la carrière, il faut avaler des couleuvres. Il haussa les épaules et tira devant nous une malle d'osier portant de tous côtés une énorme inscription : *Tournées artistiques, lyriques et dramatiques. Alfred Joumaistre. Les Trois Mousquetaires.*

Il l'ouvrit et dit :

— Débrouillez-vous avec ça ! Qu'au moins ceux du premier rang aient un peu l'air de mendiants !

Là-dessus, il s'en alla.

Dans la malle, il n'y avait que des costumes hétéroclites. Pour tout de même travestir le plus grand nombre possible de leurs élèves, mes parents décidèrent de les distribuer pièce par pièce, en commençant par les plus méritants. Les plus avantagés furent les lauréats du certificat qui reçurent des chapeaux soit de mousquetaires, soit de corsaires, mais qui tous leur tombaient sur le nez. Le temps manquait pour mettre du foin ou du papier journal au fond. Il y eut ensuite des pèlerines rouges à bords dorés. Elles furent données à ceux qui n'avaient pas de chapeau. Quant aux chaussures, probablement des bottes de sept lieues, mon père les dépareilla pour finir de garnir le premier rang. J'en obtins une, sûrement assez grande pour contenir mes deux pieds. Je n'osai pas tenter l'expérience. Les quelques accessoires qui restaient, deux rapières, une hache et quatre sabres d'abordage furent attribués comme lots de consolation à ceux du deuxième rang.

Avant la représentation, l'orchestre joua *la Marseillaise*. Puis, montant sur scène devant le rideau, M. le maire, ceint de son écharpe tricolore, remercia toutes les personnalités présentes et, dans une vibrante envolée, remercia ceux, petits et grands, qui s'étaient dévoués pour rendre possible le magnifique spectacle qui allait suivre. Ce discours, très applaudi, se terminait par ces mots :

— Et maintenant, place aux artistes !

De la coulisse, il nous était difficile, à nous autres chanteurs, de bien comprendre ce qui se passait au premier acte. Nous avions plutôt l'impression que l'histoire était truquée. Les soldats buvaient dans des gobelets vides, payaient avec des rondelles de zinc, se battaient avec des couteaux de bois et se réconciliaient dès qu'ils étaient sortis de scène. Dans la salle, les familles ne comprenaient pas davantage, et certains, qui venaient pour la première fois au théâtre, demandaient tout haut à leurs voisins de leur traduire en langage clair ce que don José et Carmen se racontaient en chantant.

Mes yeux, habitués à l'obscurité des fonds de coulisse, virent que beaucoup de chats se promenaient par là. L'un d'eux, un audacieux à la queue verticale, monta sur le rebord d'un faux balcon espagnol et s'y installa pour contempler l'action. Un projecteur que le hasard avait judicieusement placé, projetait son ombre démesurément grandie sur la façade principale. L'effet, tout à fait réussi, plut énormément au public qui murmura d'admiration. N'étant pas de cet avis, le régisseur ordonna aux machinistes d'attraper l'animal.

L'affaire était moins facile qu'on pourrait le croire, à cause de la fragilité de cette architecture espagnole derrière laquelle il était impossible d'appuyer une échelle. Par-devant, il ne fallait pas y compter, l'irruption d'ouvriers en tenue contemporaine risquant de gêner les acteurs. Finalement, ce qui se passa fut mieux que tout le reste : des mains sortant par toutes les ouvertures et essayant vainement d'attraper le chat. Celui-ci, flatté par l'attention qui lui était consacrée, se dressa, fit le gros dos, ronronna et visita la scène, dans l'espoir de recevoir quelque caresse.

Mais Carmen ne fit même pas attention à lui lorsqu'il vint se frotter à ses jambes et, quand il arriva près de don José, il en reçut un coup de botte qui l'envoya rouler sur le devant de la scène. Un bras sorti du trou du souffleur ne lui laissa pas le temps de se remettre. Empoigné, il disparut dans un long miaulement de douleur. Une dame en chapeau mauve se dressa au troisième rang de la salle et protesta. C'était Mme Jonlain qui venait enfin de retrouver son chat.

Tout à coup, la lumière diminua et le décor de la place d'Espagne se vida.

— A vous ! dit le régisseur en bousculant ma mère.

Il ne croyait pas, en donnant cet ordre, que celui-ci serait aussi scrupuleusement respecté. Ma mère, rouge d'émotion, déboucha à reculons sur la scène en nous faisant signe de la suivre : les bras étendus, marquant elle aussi le pas pour donner l'exemple, elle veillait à ce que notre déploiement jusqu'au-devant de la scène se fît dans un ordre impeccable. En même temps, les projecteurs de l'avant-scène montaient jusqu'à leur maximum. Heureusement les élèves du premier rang furent protégés de l'éblouissement par les chapeaux de corsaires ou de mousquetaires qui leur tombaient sur le nez. Ce détail n'eut de conséquences funestes que pour un dénommé Capin Jean qui, perdant de vue les pieds de ma mère, s'en alla faire un tour solitaire côté jardin. Par chance, son oncle, pompier de garde dans ce coin-là, le prit par la main et le ramena à sa place, action courageuse qui suscita une grande émotion dans l'assistance.

L'entrée en scène était un succès, le public l'applaudit chaleureusement. Caché derrière le décor, mon père, soulagé, accrocha son parapluie à un montant et enleva son chapeau melon pour s'essuyer la sueur du front.

Ma mère, bien placée de dos au milieu de l'avant-scène, battit une mesure pour rien, comme il convenait et, accompagnés par la fanfare qui dès le début fit un effort énorme pour ne pas aller plus vite que nous, nous attaquâmes :

— Avec la garde montante, nous arrivons, nous voilà !...

Il n'était pas nécessaire d'avoir l'habitude des salles de spectacle pour sentir tout de suite que le public prenait un plaisir extraordinaire. Ce n'était dans la salle que gloussements satisfaits, petits cris joyeux rapidement étouffés, murmures d'admiration. Le seul détail qui eût pu, éventuellement, distraire l'attention fut ce nuage de poussière montant de la scène, provoqué par nos pieds qui martelaient en cadence le plancher. Les spectateurs, qui le remarquèrent et en parlèrent ensuite, mirent le phénomène au crédit de la mise en scène, mon oncle Henri le qualifiant même d'effet à retenir. Personne ne se plaignit non plus du retard de deux ou trois secondes qu'avaient les élèves de renfort qui chantaient en coulisse. Un public heureux ne voit jamais les effets secondaires.

Les seuls qui n'avaient pas l'air contents — on se demandait bien pourquoi — étaient Carmen, le toréador, don José et les autres. Massés sur les côtés de la scène, ils piaffaient d'impatience en grognant des paroles coléreuses que nous ne comprenions pas. Ces attitudes regrettables furent sans effet sur notre interprétation et nous parvînmes, chanteurs et musiciens, au bout du morceau presque tous en même temps.

L'ovation de la salle fut formidable. Ma mère se retourna pour la recevoir avec modestie. Les applaudissements ne se fussent sans doute jamais terminés si, à l'instigation de M. Muracciole, qui était un connaisseur, nous n'avions chanté notre chœur une deuxième fois. Ce fut un triomphe. Ma mère, très émue, ne savait plus que faire. Nous autres, enhardis par le succès, nous relevâmes nos couvre-chefs pour voir enfin ce public qui faisait tant de bruit. Ils criaient, ils trépignaient de joie. Presque tous diront ensuite que c'était infiniment plus beau qu'une grand-messe de première communion, phrase qui convainquit mon père — et bien d'autres de ses collègues qui étaient venus aussi — que la religion catholique, si on voulait bien faire un effort du côté républicain, perdrait le monopole des belles cérémonies.

Ça n'était pas fini ! M. le maire, caché dans les coulisses, projeta sur la scène un gamin porteur d'un bouquet de roses destiné à ma mère. Pour elle, c'en était trop ! Elle éclata en sanglots. J'entendis dans la salle beaucoup de reniflements humides. M. le maire arriva, traînant mon père avec lui. Il fallait que le public en délire pût voir sous les feux de la rampe ce que c'était qu'un couple d'instituteurs laïques qui tous les ans avait cent pour cent de reçus au certificat d'études ! Mon père salua gauchement, embarrassé qu'il était par son parapluie et son chapeau melon que, par crainte des vols, il avait eu la maladresse de prendre avec lui.

Le maire, disposant décidément de complices, fit un geste vers les coulisses et nous vîmes arriver un très étrange cortège. En tête, le Lucien Humbert, un élève de mon père, petit blond à lunettes qui venait d'être reçu premier au certif'. Il tenait un rouleau de papier enrubanné dans les mains. Mais, le plus surprenant, c'était derrière lui deux autres garçons que je connaissais bien, le Laplanche et le Pierson, les deux plus grands de la classe. Ils transportaient, accroché à une barre posée sur leurs épaules, un lustre magnifique dont les pendeloques en cristal, qui descendaient jusqu'au sol, tintinnabulaient agréablement pendant la marche.

Tous ces gens, ovationnés une fois de plus par la salle, s'alignèrent près de mes parents. M. le maire leva les bras en l'air pour demander aux gens de se calmer un peu. Cela obtenu, il fit un signe au Lucien Humbert et celui-ci, après avoir dénoué le ruban, déroula son papier et se mit à le lire d'une voix de fausset qui, à l'école, était la cause de nombreux quolibets :

— Monsieur et très cher maître, c'est avec une joie infinie...

— Plus fort ! hurlèrent des énergumènes dans le fond de la salle.

Le garçon fit un effort. Ce que sa voix gagna en hauteur, elle le perdit en naturel. Le public ne s'en formalisa pas, bien au contraire. Le compliment, rédigé par une plume anonyme (probablement le maire lui-même), fut écouté dans un silence qu'en d'autres circonstances on eût pu qualifier de religieux. Les lecteurs scrupuleux ne regretteront sans doute pas d'en prendre connaissance dans sa totalité :

Monsieur et très cher maître,

C'est avec une joie infinie que nous venons aujourd'hui vous exprimer nos sentiments de plus profonde reconnaissance pour le dévouement sans limites que vous avez apporté au couronnement des efforts de notre travail.

Pendant ces années de première, vous nous avez donné, sous forme récréative et, partant, si intéressante, la science générale et pratique qui marquera désormais un grand pas en avant dans notre amour du travail et de l'étude.

Pour nous tous, vous vous êtes dépensé sans mesure, tous les jours, à nous faire aimer le devoir dans le travail, nous donnant à la fois votre cœur généreux. Vous avez conquis le nôtre aussi, très cher et vénéré maître ; oui, vous l'avez conquis pour toujours, car nous n'oublierons jamais votre bonté paternelle pour préparer en nous de futurs hommes de bien, des hommes utiles à notre cher pays, par la grande culture de l'amour de la patrie.

Un jour, lorsque nous serons dans les rangs militaires, nous nous souviendrons avec affection de celui qui fut pour nous comme le père de la patrie bien-aimée.

Avec nos profonds remerciements de gratitude, nous vous souhaitons, très cher maître, de longues années d'enseignement et de parfaite santé, afin de former à nouveau un nombre illimité d'élèves pour leur bonheur et celui de notre Lorraine chérie.

Vos élèves du certificat d'études.

Puisque l'hypothèse a été avancée plus haut qu'il y aurait peut-être à ce livre des lecteurs soucieux du détail, indiquons-leur que pendant tout le temps que dura la lecture du compliment il y eut dans le fond du décor, là où Carmen et les autres s'étaient réfugiés, des grognements intempestifs et des coups de talon violents sur le plancher que seuls l'auteur et mon oncle Henri remarquèrent. Ce dernier, mieux placé, puisque assis dans la loge d'angle du premier étage, put observer qu'à un certain moment Carmen elle-même voulut quitter la scène. Mais le régisseur, cramponné paraît-il à sa robe, réussit à l'en dissuader. Les autres spectateurs ne remarquèrent pas ce fait insignifiant et applaudirent encore une fois à tout rompre la fin de la lecture du compliment. Ils ne cessèrent pas de battre des mains lorsque M. le maire, faisant s'avancer les porteurs du lustre, proclama d'une voix puissante :

— Le cadeau offert par les parents des élèves reçus cette année au certificat d'études primaires !

Placé au bout de la rangée, mon chapeau de mousquetaire sur le nez et mon sabre d'abordage dans les mains, je n'étais pas étonné de constater qu'une fois de plus les parents d'élèves avaient choisi un lustre. C'était comme ça tous les ans ! Depuis qu'ils étaient à Lunéville, mes parents en avaient reçu tellement, des lustres, qu'ils en avaient accroché même dans les cabinets. L'explication était simple. Dans notre quartier, le seul marchand de cadeaux digne de ce nom était un électricien et comme celui-ci, parent d'élève lui-même, consentait à cette occasion une réduction pouvant atteindre cinquante pour cent, l'idée ne serait venue à personne d'aller chercher ailleurs. Quand le moment arriva où mes parents n'eurent plus un seul plafond de libre, ils utilisèrent les suspensions superflues comme cadeau de noces chaque fois qu'un cousin ou une cousine se mariait. Mais ce lustre-là, en cristal, offert en de si mémorables circonstances, fut conservé comme l'œuvre d'art la plus précieuse de la famille.

Notre prestation sur scène étant achevée, nous refluâmes tous vers les coulisses où les congratulations du maire et de mes parents recommencèrent. Moi, profitant de ce que j'étais le dernier, j'observais les Espagnols qui reprenaient rageusement possession de l'espace scénique tandis que l'orchestre attaquait les mesures par lesquelles commençait la suite de l'action.

Faisant preuve d'une conscience professionnelle qui mérite d'être mentionnée et grâce à laquelle ils oublièrent leur rancœur en l'espace de deux secondes, les comédiens de Nancy se remirent à chanter. Curieusement, presque aussitôt, un bruit considérable venu de la salle les interrompit. Bouche bée, ils virent ceci que j'aperçus aussi en me penchant : tous les spectateurs debout en train de quitter la salle.

Ceux-ci se ruèrent vers la sortie des artistes pour nous embrasser et nous féliciter. Malgré M. le maire, le conseil municipal et les pompiers qui tentèrent de s'interposer, la foule se dispersa pour terminer la fête en famille.

Les habitants de Lunéville ne surent jamais que don José tua Carmen.

Mes parents eurent du mal, le lendemain, à se remettre à la préparation de notre grand voyage à Lourdes. Encore sous l'effet des feux de la rampe, de la musique et des applaudissements, ma mère était tout étourdie. Elle oubliait de saler les plats et laissa brûler nos côtelettes. Mon père, lui, perdait la tête. N'envisageait-il pas d'aller un jour prochain à Nancy pour y assister à une représentation intégrale de *Carmen* ?

Heureusement, mon oncle Henri, plus sage, était là et rappela à mes parents les précautions élémentaires à prendre lorsqu'on se lance dans un grand voyage, par exemple mettre de l'essence dans le réservoir de l'automobile.

La journée du 15 fut consacrée au rangement des bagages dans l'auto. Mon père s'était douté qu'en les mettant tous à l'intérieur il n'y aurait plus eu de place pour les passagers. Aussi avait-il demandé à un menuisier de confiance, père de trois de ses élèves, de lui confectionner une plate-forme en bois qui serait fixée sur le toit par des sangles de cuir passant dans les portières. L'opération, commencée tôt le matin, dura trois heures. Sans mon oncle Henri qui la supervisait de ses conseils, elle aurait duré bien davantage. Peut-être même n'aurait-elle pas abouti à un succès !

— Vous devriez sortir la voiture devant la maison, dit-il... Dans ce garage on manque de place et on n'y voit goutte.

— Tu n'y penses pas, les voisins nous verraient, dit ma mère.

— Il faudra bien la sortir pour partir, observa Henri.

— Demain à trois heures du matin. Pas avant, dit mon père.

Mes parents étaient dans un état d'énervement extrême. Si mon oncle n'avait pas été là pour les calmer par sa bonne humeur, ils risquaient de renoncer à leur voyage.

— On ne sera jamais prêts pour demain, disait ma mère.

— C'est ta faute, répondait mon père. Moi, je voulais qu'on ne parte qu'au mois d'août.

Pour essayer d'arranger les choses, mon oncle Henri proposa de n'emporter que la moitié de son attirail de pêche.

Sa suggestion fut retenue comme normale, mes parents ayant toujours considéré la pêche à la ligne comme une distraction futile, totalement dépourvue d'intérêt pédagogique. Quant à moi, j'essayai d'obtenir l'autorisation d'emporter une automobile à ressort offerte par mon oncle l'année précédente et qui, même dans sa boîte, ne mesurait pas plus de quinze centimètres. Non seulement cette faveur me fut refusée, mais, en plus, mon père m'envoya pour le restant de la journée enlever les mauvaises herbes au jardin.

Je me trouve donc, cinquante ans après, dans l'impossibilité de donner des détails supplémentaires sur la méthode qu'employèrent mes parents pour réussir à loger dans la voiture un tas de bagages qui le matin paraissait plus gros qu'elle. Tout ce que je peux dire c'est qu'à plusieurs reprises, dans l'après-midi, j'entendis des cris en provenance du garage. Je vis ma mère s'enfuir à un certain moment, mais mon oncle la rattrapa. Il la ramena en la serrant par l'épaule et lui parlant doucement à l'oreille.

Profitant d'un moment d'accalmie, vers 19 heures, je rentrai à la maison. Passant devant la porte du garage, je jetai un regard furtif à l'intérieur. Notre auto était plus impressionnante que jamais. Ainsi chargée, elle ressemblait à un dromadaire.

On ne dormit pas beaucoup cette nuit-là. A 2 heures du matin, mon père donnait le signal du réveil. A 3 heures, le moteur tournait dans le garage.

Mon père était au volant. Ma mère et moi nous nous serrions derrière dans le peu de place que nous laissaient les bagages. La porte du garage donnant à l'extérieur était grande ouverte et mon oncle Henri, debout au milieu de la rue, vérifiait que le quartier était désert.

— En avant ! cria-t-il en nous faisant signe de sortir.

Mon père mit les gaz, embraya, et l'auto fit un bond en avant. Mais en même temps un fracas considérable nous donna l'impression que la maison tombait sur nous. Mon père stoppa net et se retourna, le visage décomposé par l'angoisse.

La porte du garage était trop basse et, au passage, les bagages empilés sur le toit de l'auto avaient été projetés au sol. Tout le chargement était à refaire, dans la rue, c'est-à-dire au vu de tous les voisins réveillés par le vacarme et qui passaient maintenant des têtes curieuses dans l'entrebâillement de leurs volets. Comble de malchance, la lune, qui s'était jusque-là tenue cachée derrière les nuages, se leva et projeta une lumière crue sur le tableau.

Enfin, à 4 heures du matin, les dégâts étaient réparés, ma mère fondit en larmes et nous partîmes.

Mon oncle Henri, assis à l'avant, indiquait à mon père la route de Bordeaux. Le moteur ronflait régulièrement. Sur le côté, la lune nous suivait. Quelquefois je la voyais qui filait à demi cachée par un rideau de grands arbres, d'autres fois elle disparaissait derrière la forêt et je la retrouvais de l'autre côté de l'auto. Puis elle pâlit et le jour se leva.

Mon oncle indiqua alors à mon père un chemin à droite et nous débouchâmes sur un plateau d'où l'on apercevait une ville éclairée par le soleil levant.

Mon oncle évalua le panorama d'un air connaisseur, en se grattant la moustache.

— Poitiers ! dit-il, c'est Poitiers !

— Poitiers ! murmura mon père qui n'osait pas croire une aussi fabuleuse nouvelle.

— Oh ! oui, c'est bien ça, dit mon oncle après avoir encore une fois observé le paysage.

Mon père accéléra, comme désireux de ne pas manquer un rendez-vous qu'il aurait eu avec Charles Martel.

Après un tel voyage, il urgeait de s'arrêter à la première pompe à essence. Mon père commanda le plein, ce qui fut vite fait.

— Et, en plus, cette auto ne consomme presque pas d'essence ! dit-il exalté.

Il donna un bon pourboire au pompiste.

— Alors, mon brave !... 732 !... Et les Arabes ! lui dit-il joyeusement en partant.

L'homme nous considéra avec ahurissement. Nous le saluâmes encore une fois et nous fonçâmes à toute vitesse vers cette ville magnifique devant laquelle, en 732, s'était joué le destin du monde occidental.

Mon oncle sifflotait allègrement :

— Travadja, la mouquère, travadja, bono!

Mélodie bien connue des voyageurs de ce temps-là.

Mon père et ma mère riaient à n'en plus finir. Sûr que ce fût là le plus beau moment de leur vie!

Hélas! à l'entrée de la ville, le poteau indicateur ne portait que ce simple mot: *Nancy!*

Ainsi donc, nous avions passé cinq heures à tourner en rond sur la route stratégique qui fait le tour de la forêt de Haye et nous n'étions qu'à vingt-cinq kilomètres de notre point de départ!

Mon père ne dit rien, ma mère non plus. Ils évitèrent de croiser le regard de mon oncle Henri qui, lui, ne prit pas la chose au tragique.

— Bah! dit-il. Poitiers ou Nancy, où est la différence?

Mon père ne répondit pas. Mais en lui-même, il l'avouera plus tard, se disait qu'il aurait pu se douter de quelque chose. Elle n'était pas normale, la façon qu'avait Henri, pour guider, de tendre toujours le bras du même côté. Et, à plusieurs reprises, il avait semblé à mon père être déjà passé par là. Malheureusement quand on débute, dans quelque discipline que ce soit, on a toujours tendance à faire confiance aux spécialistes.

Comme Nancy était une ville que nous connaissions bien, mon père sut où s'arrêter pour acheter une carte des régions lointaines, la librairie du Tour du Monde, dont le propriétaire, M. Clément, accordait dix pour cent de réduction aux membres du corps enseignant.

A 10 h 10, nous quittâmes la ville. A 12 h 20, pour la première fois dans l'histoire de la famille (mise à part la guerre de 14 pour mon père) nous sortîmes du département de Meurthe-et-Moselle et traversâmes celui de la Meuse. Finalement, le plus grand service que mon oncle nous rendit pendant le voyage fut de maintenir la bonne humeur dans la voiture en chantant.

Pour cette première journée, mon père mit son point d'honneur à « manger » le plus grand nombre possible de kilomètres. On s'arrêta à la tombée de la nuit dans la ville de Tonnerre.

Le choix de l'hôtel était un problème délicat.

Mes parents, n'ayant aucune expérience, s'en remirent à Henri qui joua les grands seigneurs. A son avis, aucune des enseignes que nous rencontrions n'était digne de nous. Mes parents trouvaient pourtant sympathiques toutes ces appellations familières : Café-Hôtel de la Marine... Chez Jules... Pension Michel... Auberge Mimosa...

Le premier établissement qui trouva grâce à ses yeux fut le Tonnerre-Palace. Mais à cause du panneau, qui disait à l'entrée que les chambres étaient munies de l'eau froide, de l'eau chaude, du téléphone et de l'éclairage indirect, mes parents prirent peur.

— Ce sera beaucoup trop riche pour nous, dit mon père.

Finalement on descendit à l'Hostellerie du Roy Henri. Ce seul nom nous inspirait confiance, Henri IV avait été, comme chacun sait, le meilleur roi de France. Dans un hôtel portant son nom, on trouverait sûrement de la poule au pot. Mais, à l'entrée, un majordome en habit noir prétendit nous faire remplir un imprimé sur lequel il fallait indiquer si notre déplacement était d'ordre professionnel ou touristique. Mes parents affolés consultèrent Henri du regard.

— Ni l'un ni l'autre !... Pédagogique ! proclama mon oncle.

Et il l'inscrivit sur le papier sous l'œil indifférent du type en noir.

Un valet voulut nous conduire à nos chambres en portant nos valises.

— Vous n'y pensez pas ! Nous les porterons bien nous-mêmes, dit mon père qui ne se cachait pas pour proclamer à toute occasion que l'abolition de l'esclavage était l'une des gloires de la Révolution !

Les chambres nous parurent d'un luxe excessif. Dans chacune il y avait un lavabo avec deux robinets.

— Tu aurais dû demander le prix, dit ma mère.

— Ça ne se fait pas, on nous prendrait pour des paysans, dit mon père.

Nous restâmes dans la chambre le temps qu'il fallait pour laisser croire au valet que nous changions de toilette.

En descendant au restaurant, ma mère emporta un reste de lapin de midi, quelques œufs et voulut demander au maître d'hôtel de bien vouloir nous les faire réchauffer.

— Surtout pas ! s'écria mon oncle en arrêtant son geste.

— Et pourquoi ?

— Vous n'avez pas idée à quel point ces gens-là sont capables de se vexer si on a l'air de se méfier de leur propre cuisine, dit l'oncle.

— La question n'est pas là, dit ma mère... Mais si on attend demain, j'ai peur que le lapin ne soit plus frais.

Et mon père d'ajouter :

— On ne jette pas de la nourriture, Henri ! Tu te rends compte quel mauvais exemple ça serait pour le gamin.

Cette phrase montre comment parfois un excès de pédagogie dissimule un soupçon d'avarice.

— Comme vous voudrez. Mon oncle avait dit ça comme il aurait dit : « Après moi le déluge. »

Ma mère confia donc nos restes enveloppés dans du papier journal au maître d'hôtel qui, l'air pincé, les emporta tout de même vers la cuisine.

— Tu vois, il suffisait de demander, dit mon père.

Nous nous étions installés à une table éclairée par une lampe dont l'abat-jour en simili parchemin portait cette inscription en lettres gothiques : *Honny soie qui male y pense !...* Occasion idéale offerte à mon père pour me faire une leçon sur l'évolution de l'écriture française.

Je ne me souviens pas assez en détail de cette leçon pour la retranscrire ici. Par contre, ce dont je me souviens parfaitement, c'est que, pendant ce discours, des marmitons en bonnet blanc passaient la tête par le guichet de la cuisine et nous observaient en pouffant de rire.

Notre lapin réchauffé revint sur un plateau d'argent.

— Il ne fallait pas, c'est trop beau, dit ma mère émue.

— C'est la moindre des choses, dit le garçon.

Mon père admira la tournure de phrase.

— Tu vois, me dit-il, quand le serveur eut tourné le dos..., on reconnaît toujours tout de suite un homme qui a reçu de l'instruction.

Mon oncle commanda une bouteille de bordeaux, naturellement. J'eus droit à en boire un demi-verre. Ce vin mit mes parents dans un tel état d'euphorie qu'après le lapin ils commandèrent une omelette norvégienne, à cause de la joliesse du nom, et aussi pour savoir comment on s'y prenait dans le Nord pour battre les œufs.

— Flambée ? demanda le garçon.

Cette question imprévue laissa mes parents sans voix. Bien que n'ayant pas compris non plus, mon oncle sauva la face en disant avec assurance :

— Mais bien entendu, mon vieux !

On amena près de nous une table roulante. Quatre garçons en blanc, affichant un zèle excessif, installèrent dessus un réchaud qui sentait le pétrole. Nous suivions en silence le déroulement de cette opération. Un cuisinier que nous n'avions pas encore vu jusque-là apporta une sorte de montagne neigeuse sur un plateau qu'il déposa sur le réchaud.

— Tu es sûr que c'est de l'omelette ? chuchota ma mère à l'oreille de son frère.

— Évidemment ! répondit Henri.

Le maître d'hôtel arrosa l'omelette d'un liquide contenu dans une bouteille de forme inusitée. Un garçon frotta une allumette et la tendit au chef qui la jeta dans le plat. Aussitôt, une gerbe de flammes jaillit jusqu'au plafond et ma mère poussa un cri.

— Allons, allons, lui dit mon oncle. Remets-toi ! Tu vas voir, ça valait le déplacement.

En effet, bien que nous arrosâmes de sel cette omelette dont le cœur était sucré, nous trouvâmes que ça n'était pas mauvais du tout et nous n'en laissâmes pas une miette sur le plateau.

— Malgré ça, je n'irai tout de même pas en Norvège, dit mon père.

— Pourquoi ? demanda mon oncle.

— S'ils font comme ça les omelettes, je me demande comment doivent être les œufs à la coque.

— Je ne déteste pas, dit ma mère... Et, si j'osais, je demanderais au chef la recette. Je vous en ferai quand on reviendra à Lunéville.

— On va oser ! dit mon oncle... Et en même temps qu'on demandera l'addition.

Mais quand l'addition arriva, mon père et mon oncle eurent, en la découvrant, l'expression qu'on a en ouvrant un faire-part mortuaire. Ils appelèrent le maître d'hôtel.

— Pardon, monsieur, déclara mon oncle, votre employé ne se serait-il pas trompé par hasard ?

Le maître d'hôtel examina la note avec un air de certitude glaciale.

— Non, monsieur, c'est bien cela, dit-il.

— Mais enfin, c'est impossible, trois cents francs pour une omelette et une bouteille de vin.

— Je regrette, monsieur, mais c'est le prix.

Mon père discuta, cita le cours des œufs dans notre pays. Il calcula qu'au prix de la graisse une omelette ne pouvait pas coûter plus de cinquante francs, même en comptant largement le chauffage et le salaire des cuisiniers. Il menaça d'écrire à son député, le maître d'hôtel parla d'appeler les gendarmes.

Finalement le patron arriva et prit la défense de son personnel.

— C'est bon, dit mon père ; puisque c'est comme ça, je paie, mais nous partons.

Nous fîmes nos bagages en cinq minutes et nous nous retrouvâmes dans l'auto en pleine nuit. Ma mère pleurait.

— Où va-t-on coucher à une heure pareille ? dit-elle. On ne trouvera plus de chambre libre.

— Et même qu'on en trouverait, dit mon père, je n'en voudrais pas. C'est la première et la dernière fois que je vais à l'hôtel.

— Mais où va-t-on coucher ? dit Henri, très inquiet.

— On ira à l'école. Le directeur ne pourra pas refuser de recevoir des collègues !

Il nous fallut plus d'une heure pour découvrir l'école dans cette ville déserte.

En entendant klaxonner devant sa porte, le directeur entrouvrit ses volets. Manifestement, il sortait de son lit. L'allure hétéroclite de notre chargement dut lui faire croire que nous étions des romanichels et il nous envoya au diable sans même nous dire au revoir avant de refermer ses volets.

Mon père remit l'auto en route, jurant que jamais au grand jamais on ne l'y reprendrait à lui faire faire des voyages extérieurs au canton !

Nous sortîmes de la ville. Il était 1 h 30 du matin. Mon père s'engagea sur un chemin qu'il trouva sur la droite.

— Nous allons dormir là ! dit-il. Et demain, nous rentrerons à la maison !

Mère, oncle et moi-même étions trop fatigués pour nous révolter contre la décision si cruelle. Mon père s'arrêta dans une clairière et, serrés les uns contre les autres dans l'auto comme les naufragés sur *Le radeau de la Méduse*, nous nous endormîmes.

Le jour venait à peine de se lever lorsque nous fûmes réveillés par un bruit de tremblement de terre et des coups de sifflet stridents. J'aperçus, à un mètre cinquante à peine de ma portière, une masse métallique noire, rouge et dorée par endroits, qui crachait de puissants jets de vapeur.

Dans les moments de frayeur intense, lorsque l'être humain croit sa dernière heure venue, il paraît qu'en trois secondes il revoit en mémoire les instants principaux de son existence. Ayant survécu, je peux témoigner de la véracité de cette information. En ce qui me concerne, je me revis tout seul en compagnie de Carmen sur la scène du théâtre de Lunéville. Debout les bras en croix près de cette femme dont quelques cheveux en accroche-cœur m'avaient bouleversé, je faisais de mon corps un rempart contre l'attaque d'un éléphant surgi des coulisses.

Par chance, le pachyderme n'était qu'une locomotive ! Mon père ayant par inadvertance garé notre automobile sur une voie ferrée d'intérêt local, le premier train du matin s'était arrêté en nous trouvant là. Nous ne devions notre salut qu'à l'extrême modicité de la vitesse du convoi.

Des hommes du peuple en tenue de travail apparurent aux fenêtres des wagons. Le souci de vérité historique qui m'anime depuis le début de ce récit devrait m'amener à dresser l'inventaire des quolibets qui nous furent adressés. Certains, pittoresques et imagés, seraient un témoignage intéressant sur le langage populaire d'avant-guerre. Mais la série des humiliations subies par mon père depuis le début de notre voyage est assez longue comme ça ! En insistant, je courrais le risque de manquer au plus élémentaire devoir de piété filiale. D'ailleurs, des circonstances les plus contraires à sa dignité, mon père se tirait toujours avec courage, quelquefois même avec panache.

Son premier réflexe fut d'essayer de remettre l'auto en marche. Mais... soit conséquence de son énervement, soit, ce qui était plus probable, influence néfaste de la rosée du matin sur les bougies, le moteur refusa de tourner. Alors mon père, jaillissant de la vapeur de la locomotive en brandissant sa manivelle inutile, hurla en direction des voyageurs :

— Au lieu de rigoler comme ça, vous feriez mieux, bande de crétins, de venir me donner un coup de main !

Ce qui se passa alors montre bien qu'une troupe, civile ou militaire, est capable de grandes choses lorsqu'un chef véritable se trouve à sa tête. Tous les ouvriers du train, même ceux qui avaient des foulards anarchistes, descendirent des wagons et vinrent pousser notre voiture. Vu leur nombre, ce fut un jeu d'enfant que de nous sortir de la voie ferrée.

— Bravo ! les gars, merci et bonne journée, leur dit mon oncle Henri.

Ma mère proposa, comme il convient après tout service rendu, d'offrir à ces messieurs quelques verres de l'eau-de-vie de mirabelle qu'elle avait emportée. Les voyageurs étaient sur le point d'accepter. Mais ce fut le mécanicien du train qui s'y opposa. Cet homme peu conciliant prétendait qu'il devait être en gare de Monterey-les-Auges avant 7 h 27, faute de quoi la voie ne serait plus libre pour continuer vers Saint-Aubin. Mon père, qui s'y connaissait en arithmétique ferroviaire, persuada ma mère de ranger sa bouteille. Et le train repartit. En défilant devant nous, les voyageurs aux fenêtres nous adressèrent des saluts amicaux. Cette manifestation de solidarité populaire remonta le moral de mon père et il oublia l'idée de rentrer à la maison.

— En avant, s'écria-t-il en donnant un si joyeux coup de manivelle au moteur que celui-ci ronfla.

— Attends, attends, je ne suis pas prête, répliqua ma mère.

Sortant un chiffon qu'elle tenait en réserve sous la banquette, elle nettoya une par une les innombrables traces de mains que les ouvriers du train avaient laissées sur notre voiture en la poussant.

Lorsqu'au réveil ça commence bien il n'est pas rare que cela soit l'annonce d'une journée favorable. Ce fut le cas de ce 16 juillet 1938. La route était large, peu sinueuse, les côtes modestes et les platanes des deux côtés nous procuraient un ombrage bienfaisant. Nous pique-niquâmes au bord du canal de Briare où mon père debout, une serviette de table passée dans le revers de son gilet, un morceau de pain dans une main, un œuf à la coque dans l'autre, nous enseigna qu'une fois de plus c'était ce bon Roy Henri qui avait eu le premier l'idée de cette voie d'eau. Et il ne put s'empêcher de nous raconter la vie d'Henri IV, son enfance studieuse au château de Pau...

— Pau... Pau !... Tu as bien dit... Pau ? s'écria mon oncle en bondissant au côté de mon père.

— Oui... bien sûr, bafouilla celui-ci, déjà inquiet.

— Que ne le disais-tu plus tôt ? dit Henri.

— Pourquoi ?

— A Pau, j'ai mon ami le Charles Meyer, directeur justement de ce château dont tu parles ! On était ensemble à la guerre de 14 !... Même régiment, même compagnie... seuls rescapés de l'escouade après l'attaque du fort de Vaux. Sacré Meyer ! Bien qu'il ait maintenant un poste important, c'est resté un type simple, qui m'invite chaque nouvel an à venir passer quelques jours dans son château.

Mon oncle Henri restait là, le geste en suspens et l'œil plein de malice.

— Et alors ? dit mon père.

— Eh bien !... répondit Henri en lui donnant sur la poitrine un coup du revers de la main si fraternel que mon père faillit tomber à la renverse dans le canal d'Henri IV... Eh bien, au lieu d'aller à l'hôtel, on va tous aller chez lui ce soir.

— Mais... il ne nous connaît pas.

— Vous êtes de ma famille, ça lui suffira. Si je ne l'avais pas ramené plusieurs fois dans les tranchées sur mon dos, je vous prie de croire qu'à l'heure d'aujourd'hui, le Charles Meyer, il ne serait pas conservateur en chef du château de Pau !

Quoique intéressé pour les raisons pédagogiques que l'on sait, mon père restait perplexe.

— Tu crois qu'il aura de la place pour nous loger tous ? dit-il.

— Mais, mon pauvre vieux, on voit bien que tu n'as jamais passé une nuit dans un château, répliqua mon oncle. C'est immense là-dedans ! Il y a des chambres et des chambres à n'en plus finir ! on pourrait loger un régiment !

— Et notre automobile aussi ?

— Et comment ! Ton auto et bien d'autres aussi !

— Tu n'as pas peur qu'on salisse ? demanda ma mère.

— Allons donc ! Il y a dans ce château un personnel d'entretien qui ne laisse même pas à la poussière le temps de se poser sur les meubles.

Mes parents émerveillés n'osaient pas croire possible une chose pareille.

— Allez, en avant ! s'exclama Henri.

Les restes du pique-nique furent remballés en moins de temps qu'il n'en faut pour le dire. Nous sautâmes dans la voiture et, malgré le chargement du toit qui s'opposait à la pénétration dans l'air, nous fonçâmes à toute vitesse en direction de Pau.

A 5 heures de l'après-midi, sans marquer de temps d'arrêt au poste de garde qui se trouvait à la grille, nous fîmes dans la cour du château une entrée remarquable.

— Voilà ! dit mon père en s'arrêtant devant le perron d'honneur.

Nous sortîmes de voiture, assez satisfaits de nous-mêmes, lorsqu'un individu replet et mal embouché se précipita sur nous en nous ordonnant de déguerpir. Mon oncle Henri le prit de très haut.

— Je m'excuse, mon ami, nous sommes attendus par M. le conservateur en chef du château.

Le bonhomme fut comme paralysé en entendant cela.

— Henri ! murmura-t-il.

— Charles ! répondit mon oncle à voix basse.

— Qu'est-ce que tu as changé !

— Et toi aussi, ma vieille bourrique !

Il y eut un court moment de silencieuse émotion.

— Eh bé... tu n'es pas mal installé, mon cochon ! dit mon oncle en promenant son regard sur ce château magnifique.

J'observai une lueur d'angoisse dans les yeux de M. Meyer.

— Mais qu'est-ce que tu fais là ? demanda-t-il à mon oncle.

— Tu vois ! on est venus te rendre visite. Voici ma sœur, mon beau-frère qui est directeur comme toi, mais d'une école seulement... et mon neveu.

Il y avait comme de la réticence dans les poignées de main que l'ami de mon oncle nous distribua.

— Vous allez rester longtemps ? demanda-t-il d'une voix blanche.

— Jusqu'à demain seulement, répondit Henri... Tels que tu nous vois, nous nous rendons à Lourdes.

L'homme jetait de tous côtés des coups d'œil affolés. Apercevant des personnages en cravate qui sortaient du château, il nous pria de partir de là en vitesse et d'aller dans une direction qu'il nous indiquerait en courant devant la voiture.

Nous contournâmes ainsi les bâtiments principaux, nous traversâmes une cour de modeste apparence et M. Meyer nous fit entrer dans un hangar dont il referma la porte derrière nous.

Quand mes yeux se furent habitués à l'obscurité, j'observai que de part et d'autre de notre automobile se trouvaient rangés des carrosses magnifiques, et cette découverte rendit moins amère la précarité de notre situation.

— Surtout ne bougez pas de là tant que je ne serai pas revenu vous chercher, nous dit M. Meyer.

Il allait s'enfuir mais mon oncle Henri, le retenant par le bras, les yeux dans les yeux, lui demanda :

— Charles !... Entre hommes, es-tu vraiment le directeur de ce château ?

Charles fit signe que non. Des larmes roulèrent sur ses joues et il pinça les lèvres pour se retenir d'éclater en sanglots. Nous étions tous bouleversés et ne savions plus quoi dire. La situation était d'autant plus gênante que le bonhomme restait là, appuyé à la portière ouverte de notre voiture, attendant sans doute que ses larmes eussent fini de couler pour oser sortir de ce garage. Ce fut mon père qui eut l'idée d'une phrase qui allait faire diversion.

— Dites-nous, monsieur Meyer ! Ne serait-ce pas dans ce carrosse que je vois à côté que le roi Henri IV aurait été assassiné par le fameux Ravaillac ?

— Non, monsieur, pas celui-là. L'autre, là-bas. Celui qu'on a mis sous une bâche.

— Merci.

— De rien.

Et il s'en alla, nous laissant seuls avec notre chargement.

— Ça recommence, dit mon père d'une voix sombre.

— Attends un peu, dit mon oncle... Je connais mon Meyer. Il n'abandonnera pas ici un type qui lui a sauvé la vie deux fois dans les tranchées.

Mon père était capable d'avaler bien des couleuvres. Mais au bout d'un certain temps il lui arrivait de se révolter.

— Je te préviens, dit-il à mon oncle... Si dans deux heures on est encore ici j'enfonce cette porte et je rentre à Lunéville.

M. Meyer, en effet, avait en partant refermé la porte à clé sur nous.

Les minutes qui suivirent furent silencieuses, lentes à passer. Pour dominer sa colère, mon père partit marcher au milieu des carrosses.

— Notre pauvre papa avait raison, dit ma mère d'une voix mauvaise que je ne lui connaissais pas.

— Que veux-tu dire ? répliqua mon oncle.

— Tu n'as jamais eu que de mauvaises fréquentations.

Une dispute commençait, la première à laquelle il me fut donné d'assister entre ma mère et son frère. Elle fut de courte durée, à cause du retour inattendu de mon père. Curieusement, il avait maintenant une mine tout à fait réjouie.

— Venez vite ! dit-il. Je crois que j'ai découvert le carrosse du couronnement.

Nous le suivîmes sans hésiter, moi surtout qui avais lu dans l'œil de mon père que la surprise annoncée était de caractère exceptionnel. Je ne fus pas déçu. C'était une pure merveille, entièrement d'or revêtue. Même dans les livres les plus chers qu'on offre aux bons élèves à la distribution des prix, jamais la représentation du carrosse de Cendrillon n'atteignait en splendeur le spectacle que nous avions sous les yeux.

— Montez ! dit mon père qui, faisant preuve d'une audace inouïe, ouvrait pour nous la portière.

Nous nous assîmes sur l'extrême bord des sièges, nos fondements républicains et laïques ayant besoin d'un peu d'accoutumance pour prendre possession jusqu'au fond de ces royales banquettes. Mon père fut sublime. Il nous fit sur cette période glorieuse de l'histoire de France un cours magistral qui réhabilitait certains monarques futiles. Nous ne vîmes pas le temps passer, ce qui explique qu'à un moment donné nous eûmes subitement devant nous le visage affolé de M. Meyer qui disait :

— Qu'est-ce que vous faites là ? Ça fait une heure que je vous cherche !

En retrouvant notre auto nous eûmes le sentiment que c'était tout de même le plus beau véhicule jamais inventé par les hommes. Enfin le château était désert et nous pûmes dîner dans la loge du gardien où M. Meyer habitait.

Il était veuf et le confort de son habitation laissait à désirer. Pour effacer la honte de son premier accueil, il n'arrêtait pas de remplir nos verres de vin.

— Écoute, mon vieux, dit Henri, si tu ne peux pas nous loger, on préférerait le savoir tout de suite. Il se fait tard, on cherchera ailleurs.

— Tu plaisantes ! répliqua Meyer déjà échauffé par l'alcool... Je coucherais plutôt sur la paille ! Vous allez rester là et vous dormirez au château. Seulement, je ne peux pas vous y conduire tout de suite. Le conservateur est un vieux fou. Il n'habite pas loin d'ici. S'il aperçoit de la lumière au château, il m'accusera encore de dépenser de l'électricité !

— Au château ! murmura ma mère, éblouie.

— Tu vois, je te l'avais dit ! déclara mon oncle.

M. Meyer se pencha vers nous pour nous confier :

— Je ne vous cache pas que lorsque mon neveu s'est marié on n'a pas envoyé la noce à l'hôtel.

— Sacré Meyer ! dit mon oncle en lui tapant dans le dos... Tu te rappelles, l'Argonne, le chemin des Dames...

— Et le capitaine Flandrin qui nous disait tout le temps : A la guerre comme à la guerre...

— Tu parles ! Ça ne lui a pas réussi à celui-là ! Bousillé comme les autres !

— Pauvre vieux Flandrin ! C'est par un obus qu'il a eu la tête emportée, comme Mahut, comme Jaubert, comme Malleville, comme Lacroix !

— Hé ! oui ! Comme Durand aussi !

— Ah ! c'est vrai ! Je l'avais oublié celui-là !

M. Meyer dit à mon père :

— Excusez-nous, monsieur, de remuer comme ça des vieux souvenirs. Mais c'est plus fort que nous. Peut-être n'avez-vous pas fait la guerre de 14 ?

— Oh ! si ! protesta mon père.

Et il intervint dans le débat, donnant la liste des lieux où il était passé aussi. Par comparaison les trois hommes constatèrent qu'ils avaient plusieurs batailles célèbres en commun. C'est le genre de découverte qui scelle les amitiés et entretient les conversations. Ma mère, habituée, garda les yeux ouverts longtemps. Mais, moi, je m'endormis sur la table quand commença le récit de la seconde bataille de la Marne.

Je déplore cet endormissement précipité, non pas à cause de la part de récit de guerre que je manquai, mais parce que le lit dans lequel on me porta eût mérité d'être longuement admiré par moi. Malheureusement, je ne le découvris que le lendemain matin, au moment où mon père m'enleva de là un peu vite. C'était une carapace de tortue de mer qui, paraît-il, avait servi de berceau à Henri IV nouveau-né. Je n'eus que trois secondes pour en admirer toute la magnificence. Des touristes anglais attendaient déjà à l'entrée et M. Meyer eût perdu son emploi si on m'avait découvert dans le lit du Roy Henri.

Le petit déjeuner fut rapide, les adieux à Meyer encore plus. Il fallait sortir notre auto au plus tôt du garage aux carrosses. Malheureusement, mon père roula trop vite en repassant devant le perron d'honneur du château et, une fois encore, nous perdîmes dans un bruit épouvantable tous les bagages amoncelés sur le toit de la voiture.

Nous mesurâmes alors à quel point il fallait accorder peu de crédit à la reconnaissance que ce Meyer aurait dû avoir pour mon oncle Henri qui lui avait sauvé la vie en 1916 ! Devant le malheur qui s'abattait sur nous à nouveau, il fit celui qui ne nous connaissait pas et menaça d'appeler les gendarmes si nous ne disparaissions pas immédiatement.

Heureusement, quand les catastrophes se répètent, il est possible d'acquérir de l'expérience pour la réparation des dégâts. Dix minutes plus tard sans même avoir reçu de l'aide de la part de ces touristes anglais qui nous regardaient d'un air goguenard, nous étions hors de la cour du château d'Henri IV.

Mon oncle ne se gêna pas pour dire :

— On dit toujours... les Allemands. Mais les Anglais, ça n'est pas de la crème non plus.

— Et ton Meyer ? Tu crois que c'est mieux ? répliqua vivement mon père.

Henri prit un air profond pour répondre :

— C'est pas de sa faute. Depuis que sa femme est morte d'un fibrome, il est aigri ! Tous les veufs sont pareils.

Mon père ne croyait pas un mot de cette explication. Il préféra se taire. Si en plus des difficultés inhérentes au voyage la dispute s'installe parmi les voyageurs, il y a de grandes chances pour que le trajet s'achève par une catastrophe, par exemple ces explorateurs italiens qui, à force de se quereller à propos du partage des biscuits, périrent de froid avant d'arriver au pôle Nord.

Nous, en revanche, nous arrivâmes à Lourdes à 11 heures du matin. Dès le premier abord, la ville plut à mes parents. Mon père estima qu'elle devait être au moins aussi grande que Nancy, ce qui n'était pas peu dire.

La foule qui se pressait partout était si considérable que nous dûmes arrêter notre voiture dans les faubourgs.

— Tant pis, nous ferons le reste à pied, décida mon père.

— Tu ne crois pas qu'on pourrait voler quelque chose sur le toit de la voiture ? demanda ma mère.

— Allons donc ! répondit mon oncle. Pas à Lourdes !

Ma mère n'avait pas confiance. Qui pouvait garantir que parmi tous ces gens qui envahissent la chaussée, il n'y avait pas des adeptes d'une religion étrangère dans laquelle le cours du péché était dévalué ?

— Tu as raison, dit mon père.

Nous étions arrêtés devant une charcuterie. Le patron, rougeaud et jovial, inspirait confiance.

— Je vais lui demander de surveiller notre voiture, dit mon père.

— Bonne idée ! dit mon oncle. Mais, pour être sûr qu'il le fasse sérieusement, il faudrait que tu lui achètes quelque chose.

La suggestion fut retenue par mes parents. Bien que sur le principe ils fussent opposés au pourboire (Pasteur avait-il eu besoin d'un pourboire pour inventer le vaccin contre la rage ?), ils connaissaient trop bien la nature humaine pour savoir que, parfois, une pièce de monnaie encourage la solidarité. Ma mère observa que ça tombait bien. Du jambon pour le pique-nique eût été le bienvenu. Mais mon père se rebiffa. On n'allait pas pique-niquer le jour de notre arrivée à Lourdes. Surtout ici, pas question qu'un maître d'école laïque passe pour un péquenot !

— Je vous invite au restaurant, dit-il.

Finalement, il fut décidé d'acheter à ce charcutier quelque chose que l'on pourrait rapporter à Lunéville en souvenir, par exemple l'une de ces basiliques blanches exposées en vitrine.

L'idée plut à ma mère. Elle imaginait déjà cette œuvre d'art sur la cheminée en marbre de notre salle à manger. Nous portâmes notre choix sur un modèle moyen dont le prix était compatible avec nos finances. Henri et mon père pénétrèrent dans la boutique pour mener à bien la transaction, ma mère et moi montant la garde près de la voiture.

L'affaire fut menée rondement... et réussie, grâce surtout à mon oncle Henri qui, comme on le disait dans la famille, avait la bosse du commerce. Les deux hommes ressortirent de la charcuterie avec la basilique enveloppée dans du papier de soie et un ruban, et la promesse que le charcutier et son épouse (dont mon oncle, toujours aux aguets, avait remarqué qu'elle se prénommait Eulalie) surveilleraient notre automobile avec autant de vigilance que si c'était la leur. D'ailleurs, ils en avaient une, eux aussi. Mais c'était une Citroën et elle calait souvent dans les côtes.

La basilique, étant fragile, fut rangée à l'arrière de l'auto, au-dessus du renard et du carton à chapeau de ma mère. Les quatre portières verrouillées, nous nous laissâmes porter par la foule, non sans avoir adressé auparavant un salut de connivence au charcutier qui ne nous le rendit même pas.

Le courant nous amena devant la basilique.

— Belle construction en marbre des Pyrénées, dit mon oncle.

— Magnifique ! ajouta mon père. Le grand escalier est exactement le même que celui qui se trouve dans la cour des Adieux à Fontainebleau, là où Napoléon embrassa sa vieille garde avant de partir pour Sainte-Hélène.

Un cortège de dignitaires religieux, avec de flamboyants costumes, descendait l'escalier à la suite d'une monumentale statue de la Vierge Marie portée par des hommes en béret dont les poitrines s'ornaient d'un nombre considérable de décorations.

— Seraient-ce des anciens combattants ? demanda mon père.

— Mieux que ça ! Des Croix-de-Feu ! répondit mon oncle.

Mon père prit un air sévère. Il avait de l'aversion pour ces gens-là. Défendre l'honneur national, oui ! Renverser la République, non ! Comme mon oncle les soutenait, des disputes avaient souvent éclaté à la maison entre lui et mon père.

Bien que souffrant de la chaleur et du poids de la statue, ces fiers anciens guerriers chantaient avec une mâle assurance :

Prends ma couronne,
Je te la donne.
Au ciel, n'est-ce pas !
Tu me la rendras.

Et au-dessus d'eux, avec son petit sourire sucré et rose, la Vierge Marie avait l'air d'apprécier.

— Quelle allure !... Quelle gueule ils ont ! déclara mon oncle transporté.

Et il se mit à chanter avec eux. Son œil lançait des éclairs, sa pomme d'Adam s'agitait frénétiquement et pendant un instant mon oncle Henri me fit peur.

Mes parents, refusant de chanter, regardèrent plutôt l'évêque qui prenait place à bord du char fleuri, derrière la statue. Avec sa mitre et sa crosse, il ressemblait à saint Nicolas qui dépose des gâteaux dans les chaussures des enfants en décembre. Ne manquait à ses pieds que le baquet duquel auraient dû émerger trois bambins sauvés par lui du hachoir d'un charcutier anthropophage.

Normalement, avec saint Nicolas, marche aussi le père Fouettard, personnage diabolique qui donne des coups de martinet aux enfants. Mon père, désireux pour une fois de ne pas laisser le dernier mot à son beau-frère, eut l'idée amusante de lui dire que, des pères Fouettards, il y en avait là une douzaine et que c'étaient ces grands braillards de Croix-de-Feu ou de l'Action française.

Mon oncle lui répliqua avec véhémence que, si leur chef, le colonel de La Rocque, était au pouvoir, il aurait vite fait de mater les profiteurs qui empoisonnent la France.

— Que veux-tu dire ? répliqua mon père.

— Je veux dire qu'avec La Rocque le patron de l'hôtel de ton roi Henri, de Tonnerre, serait déjà en prison.

— Henri IV n'appartient pas qu'à moi !... Et le soi-disant conservateur de son château de Pau, c'était l'ami de qui ? De toi ou de moi ?

— En prison aussi celui-là ! Et douze balles dans la peau en cas de récidive !

— Arrêtez ! Tout le monde nous regarde, dit ma mère.

Les hommes se turent, l'air sombre, tandis que devant nous la procession passait.

— Quel carnaval ! dit mon père à l'oreille de ma mère.

Mon oncle fit celui qui n'avait pas entendu et ma mère ajouta :

— Si l'inspecteur nous voyait !

Mon père éclata de rire. Puis, se tournant vers mon oncle, il lui dit :

— Je serais curieux de savoir si ton colonel de La Rocque continuerait de faire le malin au cas où on lui donnerait comme général notre inspecteur d'école primaire.

Cette hypothèse surprit mon oncle et lui demanda un instant de réflexion.

— Ne me racontez pas d'histoires avec votre inspecteur, dit-il. Même en cas de guerre, cette fonction-là n'est pas assimilable plus haut qu'au grade d'adjudant-chef !

Mon père et ma mère émirent ensemble un « oh ! » scandalisé. On pouvait critiquer l'arrogance de leur inspecteur, déplorer la parcimonie avec laquelle il distribuait les points d'avancement, mais en faire un sous-officier, ça, c'était inacceptable !

— Henri, tu ne sais plus ce que tu dis ! lui lança ma mère.

Mon oncle Henri était un rare exemple d'homme de droite capable de trouver une conclusion plaisante à un débat.

— D'accord, j'en fais un capitaine, dit-il.

— Eh bien, tu te trompes, mon cher beau-frère, dit mon père. Je t'annonce maintenant qu'il est colonel, comme ton La Rocque !

— Sans blague ?

— Comme je te le dis !

— Oui... mais de réserve seulement.

— Face aux Allemands, ça ne fait pas de différence.

— Bah ! On n'est pas venus là pour faire la guerre, dit mon oncle. Je vous invite à boire un verre.

Nous nous remîmes à marcher dans le courant de la procession, constatant avec plaisir que celle-ci nous ramenait à notre automobile.

— Comme ça, elle sera bénie, dit ma mère qui avait remarqué que l'évêque sur son char avait un geste bénisseur qui portait assez loin.

Mais en arrivant devant la charcuterie, fermée d'ailleurs, quelle ne fut pas notre douloureuse surprise en nous apercevant que notre voiture n'y était plus. Fous d'angoisse, aidés de mon oncle, mes parents explorèrent en courant les alentours, secouèrent la porte et les volets du charcutier. Rien à faire ! Pas de réponse ! Pas de trace de l'auto !

— Volée ! dit mon père.

— Enfin, pas à Lourdes ! dit mon oncle.

— On n'aurait jamais dû dépasser Baccarat ou Pont-à-Mousson, gémit ma mère.

Mon père lui répondit, s'adressant en même temps à moi :

— Restez ici et interrogez les gens qui passent. Henri et moi allons prévenir la gendarmerie.

Déjà au Moyen Age, d'après les leçons d'histoire de mon père, c'était comme ça. Femmes et enfants restaient sur place tandis que les hommes partaient guerroyer au loin. Si cette méthode permit d'arracher le tombeau du Christ aux infidèles, à nous, elle ne fit pas retrouver notre limousine Peugeot 301. Père et oncle revinrent bredouilles au début de l'après-midi, tandis que ma mère et moi n'avions obtenu des passants aucun détail intéressant, sauf cette suggestion plusieurs fois répétée :

— Allez donc brûler un cierge à Marie, ma bonne dame. Elle vous la retrouvera, votre auto.

— Ah ! non ! s'écria mon père. Ça suffit, comme ça !

— Tu as tort ! dit mon oncle. Moi, j'avais perdu mon briquet. En échange de deux cierges à dix sous, saint Antoine de Padoue me l'a fait retrouver.

— Et ce maudit charcutier qui n'est même plus chez lui ! dit ma mère.

— Ah ! qu'il ne compte pas sur moi pour en acheter une autre, une basilique ! dit mon père.

Cinq minutes plus tard, ayant couru, nous y étions, à la basilique. Mon père se fendit de deux francs pour l'achat d'un cierge modèle « Pascal n° 8 », une pièce magnifique, aussi longue qu'un manche à balai et deux fois plus épaisse, du moins à la base. Mon oncle Henri fut désolé de ne pas pouvoir en faire autant, son porte-monnaie étant resté dans l'auto. Mais il sortit de sa poche son briquet et, pour bénéficier du pouvoir bénéfique qui s'attache aux objets déjà miraculés, il s'en servit pour allumer notre cierge. Nous récitâmes notre chapelet, investissant tout notre espoir dans cette petite flamme qui tremblotait parmi des centaines d'autres.

— S'il y a tous ces gens-là à servir avant nous, on n'est pas sortis de l'auberge ! fit remarquer mon père.

Quoique prononcée à voix basse, cette phrase avait un caractère blasphématoire qui scandalisa ma mère. Elle le fit observer à mon père. Mais les nerfs de celui-ci étaient sur le point de craquer.

— Et en plus, dit-il, tu m'as fait acheter un cierge trop gros ! S'il faut attendre qu'il ait brûlé en entier pour que l'effet se produise, on sera encore là dans trois jours !

— Mais que fallait-il faire ? dit ma mère sur le point de pleurer.

Mon père répondit d'une voix sourde :

— Pour le même prix, on en aurait acheté une douzaine et ça serait déjà fini. On saurait à quoi s'en tenir avec toutes ces simagrées !

— Tu devrais avoir honte de parler comme ça, dit ma mère.

Mon oncle ramena un peu de sérénité en affirmant que, très souvent, les prières sont exaucées avant la combustion totale des cierges.

— Je vais voir si c'est vrai, dit mon père d'une voix mauvaise qui n'était déjà plus celle d'un chrétien.

Et il partit, refusant d'être accompagné par nous.

— Qu'est-ce qu'on va devenir ? gémit ma mère.

— Ne t'inquiète pas ! Il reviendra, répondit son frère.

En effet, peu de temps après, mon père revenait. Depuis la porte, il nous cria :

— Ça y est ! Elle est retrouvée !

De nombreux fidèles qui priaient aussi dans cet édifice immense relevèrent la tête et se retournèrent. Ils virent mon père courir vers nous sur la pointe des pieds, comme si cette dérisoire retenue dans la précipitation pouvait faire pardonner le scandale d'une course folle dans une église.

Nous nous assîmes en demi-cercle à l'entrée d'une chapelle obscure. Mais la lueur mouvante des cierges nous atteignait encore, donnant à nos visages penchés et impatients, cette couleur jaune qui avait déjà valu la célébrité à quelqu'un d'autre de Lunéville, ce peintre Georges de La Tour qui avait aussi donné son nom à la rue de notre château d'eau.

— Alors ? demanda mon oncle.

— Voilà ! répondit mon père.

Et, dardant sur Henri un regard vengeur, il expliqua :

— Ce sont tes Croix-de-Feu. Soi-disant parce qu'ils n'avaient pas assez de place pour faire passer leur char, ils ont poussé notre auto dans une rue latérale et, comme celle-ci était en pente et que ces bandits n'ont même pas mis de cales sous les roues, la malheureuse est allée s'échouer en bas dans un jardin.

— Elle est cassée ? s'écria ma mère.

— Non. Ce jardin appartient à un honnête homme qui met ses enfants à l'école laïque, répondit mon père... Il m'a aidé à sortir notre voiture de là, à remettre sur le toit toutes nos affaires qui étaient tombées... et il n'a même pas voulu que je le dédommage pour la rangée d'haricots verts écrasés par l'auto.

— Tu vois bien qu'à Lourdes il y a des miracles, dit mon oncle.

— Drôles de miracles ! dit mon père.

Nous retrouvâmes la voiture arrêtée par mon père devant la basilique.

— Mon renard ! Mon chapeau ! s'écria ma mère d'une voix angoissée.

Pour compléter le triste tableau de notre séjour à Lourdes, nous constations que la basilique, en saindoux évidemment, achetée le matin même chez le charcutier, avait fondu sous l'effet du soleil, et imbibé de graisse le renard et le chapeau de ma mère qui se trouvaient dessous.

— Ne restons pas une minute de plus dans un pays pareil, dit mon père.

— Un instant, dit mon oncle.

Et pour bien marquer que, lui aussi, il avait des droits, il héla un marchand ambulant d'eau miraculeuse de Lourdes qui se trouvait à quelques mètres de là.

— Holà ! mon ami, lui dit-il, donnez-m'en donc deux litres.

Mon oncle paya, rangea les bouteilles entre ses pieds et fit signe à mon père qu'il pouvait démarrer.

Voyant que nous sortions de Lourdes, Henri demanda :

— Et tu vas où comme ça ?

— On rentre à Lunéville, répondit mon père d'un ton farouche qui interdisait la réplique.

Mais les forces humaines ont des limites. Dans une localité quelconque, nous fîmes halte dans un hôtel convenable, le premier de notre vie pour mes parents et moi. Malgré l'accueil chaleureux des patrons, la nourriture délicieuse, le confort exceptionnel (en particulier l'inimaginable présence d'eau chaude et froide dans les chambres), mon père ne démordit pas de sa décision de rentrer chez nous dans les plus brefs délais.

— On n'ira même pas au cirque de Gavarnie ? demanda ma mère.

— Non !

— Ni au col de Roncevaux ?

— Non !

— Alors Roland et son épée Durandal, tu t'en fiches à présent ? demanda mon oncle.

— Totalement.

— Tu vas passer par Bordeaux, j'espère ?

— Si la route m'y oblige et sans m'y arrêter.

— Quoi ? Tu veux m'empêcher de voir les vieux amis que j'ai là-bas et que je n'ai pas revus depuis 1920 ?

— S'ils sont comme ton copain conservateur du château de Pau, merci.

— C'est bon ! Tu me laisseras à l'entrée de la ville avec ma valise, dit Henri. Je rentrerai plus tard en Lorraine par le train.

— Comme tu voudras.

Le reste du repas se passa dans un silence sinistre. Pour une fois, je n'eus pas besoin d'une leçon de mon père pour tirer de ce voyage la conviction que la politique est parfois ennemie de la paix des familles.

Nous partîmes le lendemain matin à la première heure. Malgré le repos de la nuit, mon père ne se départait pas de sa muette détermination de rentrer au bercail le plus vite possible. Dès que nous fûmes sur la route qui traverse en droite ligne les Landes, il poussa son moteur au maximum et nous atteignîmes la vitesse record de 76 kilomètres à l'heure.

Bien que projeté souvent au plafond à cause des nids-de-poule qui en ce temps n'étaient pas rares sur les nationales françaises, mon oncle Henri gardait l'air serein des samouraïs face à la mort. Ses rares gestes étaient de redresser son chapeau qui, sans cela, se fût enfoncé jusqu'au nez. A l'arrière, ma mère, qui disparaissait peu à peu sous les bagages, poussait des cris d'effroi à chaque secousse. Cela dura jusqu'au moment où, franchissant une ornière, nous perdîmes la bassine émaillée mal arrimée sur le toit. Ma mère eut un cri plus désespéré que les autres. Cette bassine était le cadeau de mariage de sa sœur aînée Germaine. Mon père consentit à s'arrêter. Il récupéra la bassine, pauvre épave qui avait perdu son émail en plusieurs endroits. Il n'eut pas la patience de la remettre en place sur le toit. Ouvrant la portière de mon côté, il la jeta sur moi. Compte tenu de la dimension de l'objet, je me retrouvai dessous, privé de la vue du paysage. Je protestai. Ma voix amplifiée aurait dû toucher mon père. Mais celui-ci avait déjà relancé la voiture dans sa course folle et le bruit du moteur couvrait tout.

A cause de cette bassine que j'avais sur la tête, je n'ai pas vu la fumée quand celle-ci commença à sortir de l'avant de la voiture. Mais dès que mon père freina, nous projetant tous en avant, je réussis à me dégager et constatai, moi aussi, ce phénomène qui plongeait mes parents et mon oncle dans la désolation, un épais nuage blanc sortant du capot. Rabattu sur nous par un fort vent de nord-est, il finit par nous envelopper complètement et ce fut à tâtons que nous évacuâmes le bord.

Dans ces moments-là, on envisage tout de suite le pire, l'incendie, l'explosion...

— Reculez-vous ! cria mon père.

Nous sautâmes de l'autre côté du fossé, à l'entrée d'une forêt qui sentait bon le pin. Courageusement penché en avant, mon père s'avança à pas de loup vers son auto. Il souleva un côté du capot, puis l'autre, ce qui atténua l'émanation de vapeur.

— Sauve-toi, ça va sauter ! cria ma mère.

Il n'en fit rien, bien au contraire. S'étant reculé un peu, il attendit quelques secondes.

— C'était à prévoir. L'excès de vitesse échauffe les radiateurs, déclara tranquillement mon oncle Henri.

Mon père ne tint pas compte de la perfidie incluse dans ces propos. Il s'avança vers la voiture et, tendant la main vers le bouchon de radiateur qui avait la forme d'un lion, il voulut le dévisser. Mais au moment où il le toucha, bondissant en arrière, il poussa un cri de douleur en agitant sa main.

Mon oncle s'approcha. Laissant mon père tourner sur lui-même au milieu de la route en soufflant sur ses doigts, il sortit de sa poche un mouchoir quadrillé de mauve et s'en servit comme tampon pour dévisser le lion du radiateur. Un puissant jet de vapeur s'échappa vers le ciel. Vingt secondes après, le calme était revenu et on entendit à nouveau les oiseaux.

— Voilà ! dit simplement mon oncle en s'essuyant les mains.

— Voilà quoi ? dit mon père, grimaçant de douleur.

— Tu n'as plus d'eau dans ton radiateur, mon cher beau-frère.

— De l'eau, de l'eau ! Si ce n'est que ça, on en trouvera, de l'eau.

Mon oncle ne dit rien. S'asseyant sur une borne kilométrique Michelin, il sortit de sa poche un petit cigare qu'il fuma avec délectation.

— Aidez-moi, vous autres ! cria mon père à ma mère et à moi.

Nous fîmes preuve de bonne volonté. Nous l'accompagnâmes dans sa recherche d'un point d'eau. Mais au bout d'un quart d'heure il fallut se rendre à l'évidence. La forêt landaise est très différente de la vosgienne et nous ne trouvâmes pas une goutte d'eau dans un rayon de cinq cents mètres.

Ma mère s'assit sur le marchepied de la voiture et pleura. Abandonné à moi-même, j'allai observer de plus près de singuliers petits pots suspendus au tronc des arbres. Ils recueillaient un liquide jaunâtre et gluant qui s'écoulait d'une blessure dans le bois. Il y avait probablement là le sujet d'une leçon de choses, qui passionnerait mon père. Pour l'instant celui-ci, debout au milieu de la route, essayait de stopper les rares autos qui passaient. Mais les conducteurs de celles qui s'arrêtaient répondaient que, hélas ! ils n'avaient pas d'eau à bord.

Je décrochai un pot et l'apportai à mon père.

— Regarde, lui dis-je.

Mais celui-ci, au lieu de sauter sur l'occasion et de m'apprendre les multiples usages de la résine, entra dans une colère violente, m'arracha le pot des mains, me reprocha en termes véhéments de m'occuper de ce qui ne me regardait pas et m'ordonna, sous la menace d'un coup de pied au derrière, d'aller remettre « ça » où je l'avais volé ! L'obéissance sans murmure était la seule alternative offerte aux fils de maîtres d'école, je retournai déposer le pot au pied de son pin.

— Une supposition que je te donne les deux litres d'eau de Lourdes que j'ai là en réserve... déclara mon oncle.

Et il se tut, observant mon père du coin de l'œil.

— Pour mettre dans le radiateur ? demanda celui-ci.

— Bien sûr !

Mon père réfléchit, oubliant d'intercepter un camion qui passait.

— Tu crois que ça marcherait ? demanda-t-il d'un ton légèrement méprisant.

— Et comment ! répondit mon oncle.

— On peut toujours essayer, dit mon père.

Henri sortit les deux litres de l'auto, mais il refusa de les donner tout de suite à mon père.

— Tu refuses toujours de t'arrêter à Bordeaux ? lui dit-il.

— Ça dépend ! répondit mon père... Si tu ne nous obliges pas à y rester quinze jours et si tes amis de là-bas ne sont pas des altatas[1] !

Mon oncle donna le premier litre à mon père qui le vida dans le radiateur. Mais avant de tendre le second, il demanda :

— Une supposition maintenant que je te propose

1. Terme lorrain synonyme de « grande gueule ».

de faire un petit détour sur la gauche et d'aller voir la mer ?

— La mer ! s'écria ma mère en se mettant debout.

— La mer ! ajoutai-je en écho.

Dans leurs rêves les plus fous, mes parents n'étaient tout de même pas allés jusqu'à envisager d'aller voir la mer, projet trop élevé pour des gens de leur condition.

— Tu veux dire... l'océan Atlantique ? précisa mon père.

— Oui, l'océan, la mer... les bateaux... les coquillages... répondit mon oncle.

La colère de mon père s'évaporait, les yeux de ma mère flottaient dans l'allégresse et autour de nous les cigales chantaient.

— Toi... tu l'as déjà vue ? demanda mon père.

— Tu parles ! répondit mon oncle.

— Ça vaut le déplacement ?

— Et comment !

Les pouces avantageusement glissés sous les revers de son gilet, il ajouta :

— De l'eau... de l'eau... rien que de l'eau !

Nous fûmes subjugués et la volonté de mon père chancela.

— D'accord ! dit-il.

Alors mon oncle remit le deuxième litre d'eau de Lourdes à mon père qui le vida dans le radiateur.

Le moteur se remit en route avec une docilité surprenante. Embrayage et démarrage s'enchaînèrent sans à-coups. La route devint comme un tapis pour nous.

Je jetai un coup d'œil par la lunette arrière. Le défilement rapide du sol me procurait une sensation d'ivresse dont je ne me lassais pas. J'eus alors la surprise de constater que les petits nuages que notre pot d'échappement laissait derrière nous avaient la forme d'auréoles. Je conservai cette observation pour moi seul, bien décidé désormais à ne plus passer par personne pour tirer des choses vues les enseignements qui s'imposeraient. Peu de temps après, ma famille et moi-même, nous nous trouvâmes en face de l'océan Atlantique. C'était si beau, c'était si grand que mon père lui-même ne prononça pas un mot. Il sortit de l'auto son appareil-photo à déclencheur automatique, il le fixa sur un trépied télescopique, nous aligna devant avec l'océan au fond, mit en marche le mécanisme et courut nous rejoindre. Immobiles et heureux, nous laissâmes à l'appareil tout le temps qu'il lui fallait pour parvenir au déclic. Mais celui-ci, à cause du bruit des vagues et des cris des mouettes, n'atteignit pas nos oreilles. Qu'importe ! Notre patience étant à la mesure de notre enthousiasme, nous ne regrettâmes pas les dix minutes que nous passâmes là à attendre, les pieds peu à peu immergés par la marée montante.

Littérature

extrait du catalogue

Cette collection est d'abord marquée par sa diversité : classiques, grands romans contemporains ou même des livres d'auteurs réputés plus difficiles, comme Borges, Soupault. En fait, c'est tout le roman qui est proposé ici, Henri Troyat, Bernard Clavel, Guy des Cars, Frison-Roche, Djian mais aussi des écrivains étrangers tels que Colleen McCullough ou Konsalik.

Les classiques tels que Stendhal, Maupassant, Flaubert, Zola, Balzac, etc. sont publiés en texte intégral au prix le plus bas de toute l'édition. Chaque volume est complété par un cahier photos illustrant la biographie de l'auteur.

ADLER Philippe	C'est peut-être ça l'amour 2284/3*
	Bonjour la galère ! 1868/2*
	Les amies de ma femme 2439/3*
	Graine de tendresse 2911/2*
AMADOU Jean	Heureux les convaincus 2110/3*
AMADOU J. et KANTOF A.	La belle anglaise 2684/4*
AMADOU, COLLARO & ROUCAS	Le Bêbête show 2824/5* & 2825/5* Illustré
AMIEL Joseph	Les droits du sang 2966/8* (Mars 91)
ANDREWS Virginia C.	Fleurs captives :
	-Fleurs captives 1165/4*
	-Pétales au vent 1237/4*
	-Bouquet d'épines 1350/4*
	-Les racines du passé 1818/4*
	-Le jardin des ombres 2526/4*
	-Les enfants des collines 2727/5*
	L'ange de la nuit 2870/5*
	Cœurs maudits 2971/5* (Mars 91)
ANGER Henri	La mille et unième rue 2564/4*
APOLLINAIRE Guillaume	Les onze mille verges 704/1*
	Les exploits d'un jeune don Juan 875/1*
ARCHER Jeffrey	Le pouvoir et la gloire 2109/7*
ARSAN Emmanuelle	Les débuts dans la vie 2867/3*
ARTUR José	Parlons de moi, y a que ça qui m'intéresse 2542/4*
ATWOOD Margaret	La servante écarlate 2781/4*
AURIOL H. et NEVEU C.	Une histoire d'hommes / Paris-Dakar 2423/4*
AVRIL Nicole	Monsieur de Lyon 1049/3*
	La disgrâce 1344/3*
	Jeanne 1879/3*
	L'été de la Saint-Valentin 2038/2*
	La première alliance 2168/3*
	Sur la peau du Diable 2707/4*
	Dans les jardins de mon père 3000/3* (Juin 91)
AZNAVOUR-GARVARENTZ	Petit frère 2358/3*
BACH Richard	Jonathan Livingston le goéland 1562/1* Illustré
	Illusions / Le Messie récalcitrant 2111/2*
	Un pont sur l'infini 2270/4*
BAILLY Othilie	L'enfant dans le placard 3029/2* (Juin 91)
BALLARD J.G.	Le jour de la création 2792/4*
BALZAC Honoré de	Le père Goriot 1988/2*
BANCQUART Marie-Claire	Photos de famille 3015/3* (Mai 91)
BARRET André	La Cocagne 2682/6*
BATS Joël	Gardien de ma vie 2238/3* Illustré
BAUDELAIRE Charles	Les Fleurs du mal 1939/2*

BÉARN Myriam et Gaston de	Gaston Phébus
	1 - Le lion des Pyrénées 2772/**6***
	2 - Les créneaux de feu 2773/**6***
	3 - Landry des Bandouliers 2774/**5***
BÉART Guy	**L'espérance folle** 2695/**5***
BEAULIEU PRESLEY Priscilla	**Elvis et moi** 2157/**4*** Illustré
BECKER Stephen	**Le bandit chinois** 2624/**5***
BELLEMARE Pierre	**Les dossiers extraordinaires** 2820/**4*** & 2821/**4***
	Les dossiers d'Interpol 2844/**4*** & 2845/**4***
BELLETTO René	**Le revenant** 2841/**5***
	Sur la terre comme au ciel 2943/**5***
BELLONCI Maria	**Renaissance privée** 2637/**6*** Inédit
BENZONI Juliette	**Un aussi long chemin** 1872/**4***
	Le Gerfaut des Brumes :
	-Le Gerfaut 2206/**6***
	-Un collier pour le diable 2207/**6***
	-Le trésor 2208/**5***
	-Haute-Savane 2209/**5***
BERBEROVA Nina	**Le laquais et la putain** 2850/**2***
	Astachev à Paris 2941/**2***
BERG Jean de	**L'image** 1686/**1***
BERTRAND Jacques A.	**Tristesse de la Balance...** 271[illegible]
BEYALA Calixthe	**C'est le soleil qui m'a brûlée** 2512/**2***
	Tu t'appeleras Tanga 2807/**3***
BISIAUX M. et JAJOLET C.	**Chat plume (60 écrivains...)** 2545/**5***
	Chat huppé (60 personnalités...) 2646/**6***
BLAKE Michael	**Dances with wolves** 2958/**4***
BLIER Bertrand	**Les valseuses** 543/**5***
BORY Jean-Louis	**Mon village à l'heure allemande** 81/**4***
BOULET Marc	**Dans la peau d'un Chinois** 2789/**5*** Illustré
BRADFORD Sarah	**Grace** 2002/**4***
BRUNELIN André	**Gabin** 2680/**5*** & 2681/**5*** Illustré
BURON Nicole de	**Vas-y maman** 1031/**2***
	Les saintes chéries 248/**3***
	Dix-jours-de-rêve 1481/**3***
	Qui c'est, ce garçon ? 2043/**3***
	C'est quoi, ce petit boulot ? 2880/**4***
CARDELLA Lara	**Je voulais des pantalons** 2968/**2*** (Mars 91)
CARRERE Emmanuel	**Bravoure** 2729/**4***
CARS Guy des	**La brute** 47/**3***
	Le château de la juive 97/**4***
	La tricheuse 125/**3***
	L'impure 173/**4***
	La corruptrice 229/**3***
	La demoiselle d'Opéra 246/**3***
	Les filles de joie 265/**3***
	La dame du cirque 295/**2***
	Cette étrange tendresse 303/**3***
	La cathédrale de haine 322/**4***
	L'officier sans nom 331/**3***
	Les sept femmes 347/**4***
	La maudite 361/**3***
	L'habitude d'amour 376/**3***

	La révoltée 492/**4***
	Amour de ma vie 516/**3***
	Le faussaire 548/**4***
	La vipère 615/**4***
	L'entremetteuse 639/**4***
	Une certaine dame 696/**5***
	L'insolence de sa beauté 736/**3***
	L'amour s'en va-t-en guerre 765/**3***
	Le donneur 809/**3***
	J'ose 858/**2***
	La justicière 1163/**2***
	La vie secrète de Dorothée Gindt 1236/**2***
	La femme qui en savait trop 1293/**3***
	Le château du clown 1357/**4***
	La femme sans frontières 1518/**3***
	Le boulevard des illusions 1710/**3***
	La coupable 1880/**3***
	L'envoûteuse 2016/**5***
	Le faiseur de morts 2063/**3***
	La vengeresse 2253/**3***
	Sang d'Afrique 2291/**5***
	Le crime de Mathilde 2375/**4***
	La voleuse 2660/**4***
	Le grand monde 2840/**8***
	La mère porteuse 2885/**4***
CARS Jean des	*Sleeping Story* 832/**4***
	Elisabeth d'Autriche ou la fatalité 1692/**4***
	La princesse Mathilde 2827/**6***
CASSAR Jacques	*Dossier Camille Claudel* 2615/**5***
CATO Nancy	*L'Australienne* 1969/**4*** & 1970/**4***
	Les étoiles du Pacifique 2183/**4*** & 2184/**4***
	Lady F. 2603/**4***
CESBRON Gilbert	*Chiens perdus sans collier* 6/**2***
	C'est Mozart qu'on assassine 379/**3***
CHABAN-DELMAS Jacques	*La dame d'Aquitaine* 2409/**2***
CHAILLOT N. et VILLIERS F.	*Manika une vie plus tard* 3010/**2*** (Mai 91)
CHEDID Andrée	*La maison sans racines* 2065/**2***
	Le sixième jour 2529/**3***
	Le sommeil délivré 2636/**3***
	L'autre 2730/**3***
	Les marches de sable 2886/**3***
	L'enfant multiple 2970/**3*** (Mars 91)
CHOW CHING LIE	*Le palanquin des larmes* 859/**4***
	Concerto du fleuve Jaune 1202/**3***
CHRIS Long	*Johnny* 2380/**4*** Illustré
CLANCIER Georges-Emmanuel	*Le pain noir* 651/**3***
	La fabrique du roi 652/**3***
CLAUDE Catherine	*Le magot de Josepha* 2865/**2***
CLAUDE Hervé	*L'enfant à l'oreille cassée* 2753/**2***
	Le désespoir des singes 2788/**3***
CLAVEL Bernard	*Le tonnerre de Dieu* 290/**1***
	Le voyage du père 300/**1***
	L'Espagnol 309/**4***
	Malataverne 324/**1***
	L'hercule sur la place 333/**3***
	Le tambour du bief 457/**2***
	Le massacre des innocents 474/**2***

	Les jupes-culottes 1893/**4***
	Les corbeaux et les renardes 2748/**5***
DUBOIS Jean-Paul	*Tous les matins je me lève* 2749/**3***
DUFOUR Hortense	*Le Diable blanc (Le roman de Calamity Jane)* 2507/**4***
	La garde du cocon 2765/**4***
	Le château d'absence 2902/**5***
DUMAS Alexandre	*Le vicomte de Bragelonne* 2298/**4*** & 2299/**4***
DYE Dale A.	*Platoon* 2201/**3*** Inédit
d'EAUBONNE Françoise	*Vie d'Isabelle Eberhardt* 2989/**6*** (Avril 91)
Dr ETIENNE et DUMONT	*Le marcheur du Pôle* 2416/**3***
EHLE John	*Winter people* 2742/**4***
EXBRAYAT Charles	*Ceux de la forêt* 2476/**2***
FIELDING Joy	*Le dernier été de Joanne Hunter* 2586/**4***
FISHER Carrie	*Bons baisers d'Hollywood* 2955/**4*** (Mars 91)
FLAUBERT Gustave	*Madame Bovary* 103/**3***
FOUCHET Lorraine	*Jeanne, sans domicile fixe* 2932/**4*** (Exclusivité)
FRANCESCHI Patrice	*Qui a bu l'eau du Nil...* 2984/**4*** (Avril 91)
FRANCOS Ania	*Sauve-toi, Lola !* 1678/**4***
FRISON-ROCHE Roger	*La peau de bison* 715/**2***
	La vallée sans hommes 775/**3***
	Carnets sahariens 866/**3***
	Premier de cordée 936/**3***
	La grande crevasse 951/**3***
	Retour à la montagne 960/**3***
	La piste oubliée 1054/**3***
	Le rapt 1181/**4***
	Djebel Amour 1225/**4***
	Le versant du soleil 1451/**4*** & 1452/**4***
	Nahanni 1579/**3*** Illustré
	L'esclave de Dieu 2236/**6***
GAGARINE Marie	*Blonds étaient les blés d'Ukraine* 3009/**6*** (Mai 91)
GEDGE Pauline	*La dame du Nil* 2590/**6***
GOISLARD Paul-Henry	Sarah :
	1-La maison de Sarah 2583/**5***
	2-La femme de Prague 2584/**4***
	3-La croisée des Amours 2731/**6***
GORBATCHEV Mikhaïl	*Perestroïka* 2408/**4***
GRAFFITI Kriss	*Et l'amour dans tout ça* 2822/**2***
GRAY Martin	*Le livre de la vie* 839/**2***
	Les forces de la vie 840/**2***
GROULT Flora	*Maxime ou la déchirure* 518/**2***
	Un seul ennui, les jours raccourcissent 897/**2***
	Ni tout à fait la même, ni tout à fait une autre 1174/**3***
	Une vie n'est pas assez 1450/**3***
	Mémoires de moi 1567/**2***
	Le passé infini 1801/**2***
	Le temps s'en va, madame.... 2311/**2***
	Belle ombre 2898/**4***
GURGAND Marguerite	*Les demoiselles de Beaumoreau* 1282/**3***
HADENGUE Philippe S.	*Petite chronique des gens de la nuit...* 2851/**6***

HALEY Alex	Racines 968/4* & 969/4*
HAMBLY Barbara	La Belle et la Bête 2959/3*
HARDY Françoise	Entre les lignes entre les signes 2312/6*
HAYDEN Torey L.	L'enfant qui ne pleurait pas 1606/3*
	Kevin le révolté 1711/4*
	Les enfants des autres 2543/5*
	La forêt de tournesols 2988/5* (Avril 91)
HEBRARD Frédérique	Un mari c'est un mari 823/2*
	La vie reprendra au printemps 1131/3*
	La chambre de Goethe 1398/3*
	Un visage 1505/2*
	La Citoyenne 2003/3*
	Le mois de septembre 2395/2*
	Le harem 2456/3*
	La petite fille modèle 2602/3*
	La demoiselle d'Avignon 2620/4*
HEITZ Jacques	Prélude à l'ivresse conjugale 2644/3*
HEYMAN David	Pauvre petite fille riche 2963/4* (Juin 91)
HILL Susan	Je suis le seigneur du château 2619/3*
HOFFMAN Alice	La nuit du loup 2803/4*
HOFFMAN Stéphane	Le gouverneur distrait 2983/3* (Avril 91)
HOLLANDER Xaviera	Prisonnière de l'Oiseau de Feu 2629/3* Inédit
	Nouvelles aventures pimentées 2758/3* Inédit
HOMERIC	Ourasi 2826/5* Illustré
ISHERWOOD Christopher	Adieu à Berlin (Cabaret) 1213/3*
JAGGER Brenda	Les chemins de Maison Haute 2818/8*
	Antonia 2544/4*
	La chambre bleue 2838/7*
JEURY Michel	Le vrai goût de la vie 2946/4*
JEAN Raymond	La lectrice 2510/2*
	Transports 2790/2*
JONG Erica	Serenissima 2600/4*
JULIET Charles	L'année de l'éveil 2866/3*
JYL Laurence	Le chemin des micocouliers 2381/3*
KAYE M.M.	Pavillons lointains 1307/4* & 1308/4*
	L'ombre de la lune 2155/4* & 2156/4*
	Mort au Cachemire 2508/4*
	Mort à Berlin 2809/3*
	Mort à Chypre 2965/4* (Mars 91)
KENEALLY Thomas	La liste de Schindler 2316/6*
KIPLING Rudyard	Le livre de la jungle 2297/2*
	Simples contes des collines 2333/3*
	Le second livre de la jungle 2360/2*
KONSALIK Heinz G.	Amours sur le Don 497/5*
	La passion du Dr Bergh 578/4*
	Dr Erika Werner 610/3*
	Mourir sous les palmes 655/4*
	Aimer sous les palmes 686/3*
	Les damnés de la taïga 939/4*
	L'homme qui oublia son passé 978/2*
	Une nuit de magie noire 1130/2*
	Bataillons de femmes 1907/5*
	Un mariage en Silésie 2093/4*
	Coup de théâtre 2127/3*

2329

Impression Brodard et Taupin
à La Flèche (Sarthe) le 28 février 1991
6447D-5 Dépôt légal février 1991
ISBN 2-277-22329-8
1er dépôt légal dans la collection : fév. 1988
Imprimé en France
Editions J'ai lu
27, rue Cassette, 75006 Paris
diffusion France et étranger : Flammarion